WALCYR CARRASCO

Balança coração

3ª edição
São Paulo

MODERNA

© WALCYR CARRASCO, 2014
2ª edição, 2006
1ª edição, 1997

COORDENAÇÃO EDITORIAL Maristela Petrili de Almeida Leite
EDIÇÃO DE TEXTO Marília Mendes
COORDENAÇÃO DE EDIÇÃO DE ARTE Camila Fiorenza
DIAGRAMAÇÃO Michele Figueredo
CAPA Gustavo Gus
ILUSTRAÇÕES DE MIOLO Thiago Cruz
FOTO DE CAPA PhotoLyric/Getty Images
COORDENAÇÃO DE REVISÃO Elaine Cristina del Nero
REVISÃO Nair Hitomi Kayo
COORDENAÇÃO DE BUREAU Américo Jesus
TRATAMENTO DE IMAGENS Arleth Rodrigues, Fabio N. Precendo
PRÉ-IMPRESSÃO Fabio N. Precendo
COORDENAÇÃO DE PRODUÇÃO INDUSTRIAL Wilson Aparecido Troque
IMPRESSÃO E ACABAMENTO Forma Certa Gráfica Digital
LOTE 776074
CÓD 12095147

Dados Internacionais de Catalogação na Publicação (CIP)
(Câmara Brasileira do Livro, SP, Brasil)

Carrasco, Walcyr
Balança coração / Walcyr Carrasco. –
3. ed. – São Paulo : Moderna, 2014. – (Do meu jeito)

1. Literatura infantojuvenil I. Título.
II. Série.

ISBN 978-85-16-09514-7

14-04312   CDD-028.5

Índices para catálogo sistemático:
1. Literatura infantojuvenil 028.5
2. Literatura juvenil 028.5

Reprodução proibida. Art.184 do Código Penal e Lei 9.610 de 19 de fevereiro de 1998.

Todos os direitos reservados
EDITORA MODERNA LTDA.
Rua Padre Adelino, 758 - Quarta Parada
São Paulo - SP - Brasil - CEP 03303-904
Vendas e Atendimento: Tel. (11) 2790-1300
www.moderna.com.br
2023

Sumário

1. Paixão em queda livre, 7
2. Bife de soja, 15
3. Som de serras, 29
4. Bigode & beijo, 41
5. Azeitonas no decote, 53
6. Uma consulta muito louca, 63
7. Torcida na lanchonete, 79
8. Beijo com gosto de bife, 89
9. Sabor de vingança, 101
10. O príncipe dos espetos, 115
11. Mágoa e revolta, 123
12. Corações na brasa, 131
13. Conselho de mestre, 141
14. A última chance, 151
15. Belezas da vida, 159

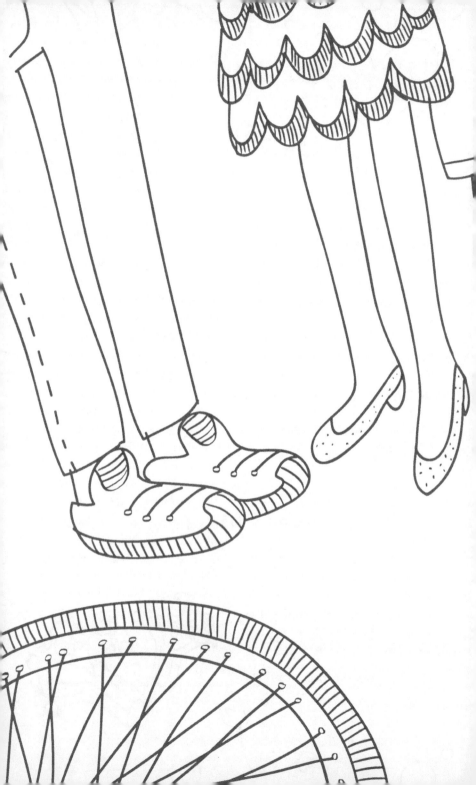

1. Paixão em queda livre

Demorou em abrir os olhos, logo após a pancada. Os ouvidos zuniam, a cabeça voava em um longo abismo vertiginoso. Um cotovelo estava dolorosamente encaixado no ossinho do seu ombro. Joelhos pressionavam seu estômago. Logo em seguida, uma ponta de saia bateu em seu nariz, e o corpo ficou subitamente livre do peso desconfortável. Ruído de passos, murmúrios assustados. Ouviu quando ela chamou, agitada:

— Alguém aí é médico? O carinha apagou.

O contato da palma delicada sobre sua testa o despertou. Ergueu as pálpebras e seus olhos se cruzaram pela primeira vez. Ele admirou os olhos castanhos escuros, profundos e preocupados. Notou a pele morena, tisnada de sol. Impressionou-se com as sobrancelhas grossas, cerradas. Ela sorriu aliviada.

— Ainda bem que você acordou.

Tentou se erguer, estava tonto. Não do tombo, mas de encantamento. Ela gritou:

— Não se mexa. Foram chamar uma ambulância.

— Não foi nada.

Apoiou-se na mão. Em seus ouvidos, um tilintar de sinos. Percebeu uma floresta de pernas ao redor. Computou um par de tênis branco, sapatos de salto, sandálias masculinas, mais dois pares de tênis, sapatos de couro marrom, baixo, com lacinhos, mocassins de camurça, botinões com os bicos esfolados. Um par de calças brancas e pernas finas abriu caminho entre as calças, saias e bermudas.

— Dá licença? Sou médico.

— A ambulância já chegou? — surpreendeu-se ela.

— Só estava passando por aqui. Que aconteceu?

— Eu estava sentada no galho da mangueira e me desequilibrei. Caí em cima dele.

— Desculpe minha curiosidade, mas... o que você fazia no alto da mangueira?

— Estava dando plantão – ela respondeu, cheia de razão.

— Hummm... Não entendi. Eu dou plantão em hospitais. Nunca ouvi falar de nenhuma profissão que exija plantão no alto de árvores. A senhorita por acaso é cabeleireira de macacos? — perguntou, com ironia.

— Doutor, o rapaz continua no chão. Vai cuidar dele ou quer ficar conversando?

Ele sentou-se na calçada. Sorriu, apesar do ombro dolorido.

— Estou legal. Cadê minha bicicleta?

O rapaz dos mocassins aproximou-se:

— A bicicleta está pior do que você. Entortou o guidão.

— Seria pior se você tivesse entortado o pescoço — falou o médico, balançando a cabeça.

A causadora do acidente irritou-se:

— O senhor é mesmo médico ou trabalha em algum programa humorístico?

O doutor ajoelhou-se no chão, sem dar muita atenção para ela.

— Fique quieto um minuto, rapaz. Pare de olhar para as pernas dela. Se bem que, pelo jeito como virou o pescoço, posso afirmar que você não fraturou a coluna.

Ele ficou vermelho como um pimentão.

"Este médico é um inconveniente!", pensou.

Respondeu, irritado:

— Deitado aqui no chão, quer que eu olhe para o quê? Para os cabelos dela? Tire as mãos de mim, doutor. Vou embora.

Impassível, o médico o apalpava nas costas, cuidadoso.

— Calma, calma. Dói aqui? Parece que tem um calombo.

— É a fivela do meu cinto, que virou pra trás no tombo.

— Oh, desculpe! E aqui?

— Não dói.

— E aqui?

— Também não.

— E aqui?

— Ai! Você me deu um beliscão!

— Só para testar suas reações. Se não doesse é que haveria algum problema. Fico feliz em ver que o beliscão funcionou. Posso dar outro, mais forte?

— De jeito nenhum.

— Ótimo. Sua resposta indica que o raciocínio também está funcionando. Diga seu nome.

— João.

— Em que país estamos?

— No Brasil, claro!

— De que cor era o cavalo branco de Napoleão?

— Doutor, essa é mais velha do que andar pra frente.

O médico abriu a maleta e tirou uma amostra grátis.

— Tome isso de oito em oito horas. É para combater dores musculares. Você está bem. Nenhum osso quebrado. Tudo indica que a batida na cabeça não foi tão forte assim. Não há ferimentos. Francamente, eu também estaria ótimo se uma moça tão bonita caísse em cima de mim.

Fechou a maleta, deu um cartão e cumprimentou.

— Meu nome é José Alfredo Pimenta. Se sentir tontura, me procure imediatamente. Até mais.

— Desculpe por ter caído em cima de você. Meu nome é Malu.

— Tudo bem. Só queria entender o que você estava fazendo em cima da mangueira, nesse canteiro no meio da avenida!

Uma garota de tênis brancos que acompanhava tudo se admirou:

— Você não sabe?

Só então ele prestou atenção na enorme faixa, em volta da mangueira. SALVEM ESTA ÁRVORE! Lembrou-se de ter ouvido alguma coisa na escola. Haviam decidido derrubar a árvore para ampliar a avenida. Era uma velha mangueira em uma pequena pracinha isolada, como uma ilha sobre o asfalto. Quase um canteiro. Ao lado da árvore havia um banco e alguns lírios. Os manifestantes do movimento ecológico eram contra a derrubada. Dia e noite, um membro do grupo ficava de plantão, sentado em um galho da mangueira, para impedir a ação das serras elétricas. João percebeu que, passada a agitação do seu acidente, outra pessoa subira na árvore. Muitos participantes conversavam entre si, animados. Havia alguns repórteres entrevistando um homem mais velho, que parecia ser o líder do movimento.

Quando entrara na avenida, realmente percebera a aglomeração próxima à mangueira. Mas andar de bicicleta no meio do trânsito não é fácil, e ele não observara em detalhes o barulho armado na pracinha. Por sorte, quando Malu o atingiu, os dois rolaram sobre a calçada, e não no asfalto.

Lembrou-se das tardes que passara brincando sob a mangueira, quando era pequeno e a rua quase não tinha movimento. Sorriu para Malu, solidário:

— Eu também gosto muito da mangueira.

Ela retribuiu o sorriso. Tinha dentes lindos. Ficaram um instante se olhando, sem saber o que dizer, mas com vontade de puxar conversa. Para surpresa de João, ela convidou:

— Quero que minha mãe dê uma olhada em você. Você pode ir comigo até minha casa?

— Sua mãe é médica?

— Não. Faz massagem oriental. Conhece muito sobre o corpo da gente. Vamos?

O rapaz dos mocassins ofereceu:

— Levo os dois no meu carro. Depois, se você quiser, deixo a bicicleta pra consertar lá perto do prédio da Malu.

— Que bom, Fred! — agradeceu ela.

João teve um instante de dúvida. Passara a tarde toda no banco, pagando contas e fazendo depósitos para o pai.

"Se eu não avisar ninguém, minha mãe vai achar que fui assaltado. Ela é muito dramática!"

Ia recusar o convite, tinha pressa em voltar pra casa. Mas Malu sorriu novamente, e ele sentiu o peito inundado de mel.

"Se eu me despedir agora, nunca mais a verei", refletiu, com o coração apertado. Decidiu:

— Legal, eu vou!

Tinha certeza de que seu corpo estava ótimo. O acidente afetara, de fato, seu coração. Desde que abrira os olhos, ainda caído na calçada, já sabia que estava apaixonado.

2. Bife de soja

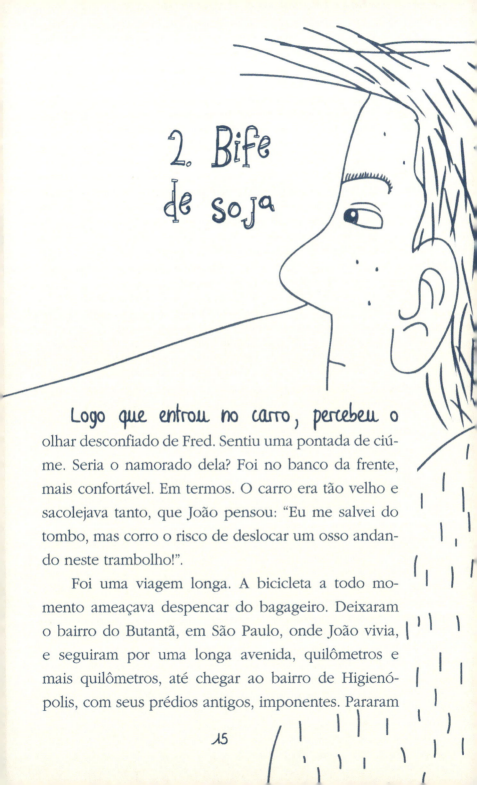

Logo que entrou no carro, percebeu o olhar desconfiado de Fred. Sentiu uma pontada de ciúme. Seria o namorado dela? Foi no banco da frente, mais confortável. Em termos. O carro era tão velho e sacolejava tanto, que João pensou: "Eu me salvei do tombo, mas corro o risco de deslocar um osso andando neste trambolho!".

Foi uma viagem longa. A bicicleta a todo momento ameaçava despencar do bagageiro. Deixaram o bairro do Butantã, em São Paulo, onde João vivia, e seguiram por uma longa avenida, quilômetros e mais quilômetros, até chegar ao bairro de Higienópolis, com seus prédios antigos, imponentes. Pararam em frente a um edifício com sacadas. Para alegria de João, Fred disse que não poderia subir. Depois de deixar a bicicleta no conserto, voltaria à pracinha. Tinha se comprometido a passar a noite dando plantão na mangueira.

João não sabia como agir, de tanta timidez. Nunca entrara em um edifício elegante como aquele, com elevador espelhado, de madeira antiga, e lustres de cristal no *hall* de entrada. Muito menos em um apartamento como o de Malu.

Parecia uma tenda. Na sala havia sofás muito coloridos e dezenas de almofadas. Tapetes orientais por todos os lados. No teto, uma colcha vermelha e azul, dependurada pelos cantos. Contra a janela, imóvel como um abajur, estava uma mulher jovem, de cabelos ruivos. De ponta-cabeça. Exatamente. Braços cruzados, pés para cima e o corpo todo apoiado na caixa craniana.

Malu fez sinal de silêncio e o levou até a cozinha. Pelo menos, esta parecia normal. Malu ofereceu:

— Aceita um chá?

Sem esperar resposta, ela encheu uma pequena chaleira com água, botou no fogo e, quando ferveu, misturou algumas folhas secas. Em seguida, abriu um pacotinho de biscoitos de gergelim.

— Nunca vi a mãe de alguém plantando bananeira.

Expressão chocada, Malu respondeu:

— Ela não está plantando bananeira! É uma das posições mais difíceis da ioga. Você sabe o que é ioga, não?

Constrangido, João mordeu um biscoito.

"Ih, tem gosto de cimento!", surpreendeu-se. "Esqueceram de pôr açúcar e fermento. Está uma pedra."

Notou que Malu mastigava o dito cujo, deliciada. Antes que pudesse comentar o gosto estranho do biscoito, ela começou a falar sobre ioga.

— Já vi que você não conhece nada do assunto. A ioga é uma terapia para meditar e evoluir por meio de exercícios físicos. Cada exercício exige uma postura. Foi desenvolvida na Índia, há milhares de anos. Pratico desde criancinha.

Serviu o chá e continuou, animada:

— A ioga dá uma flexibilidade incrível! Primeiro, a gente aprende a sentar. Olha, é assim!

Ela sentou-se no chão, dobrou as pernas. Pôs o pé direito sobre o joelho esquerdo. Depois, entrelaçou as pernas, de forma que o pé esquerdo ficou sobre o joelho direito. Parecia fácil. João sentou-se em frente. Tentou. Sentiu o músculo esticar como um arame. Puxou o pé com a mão, à força. Quase perdeu o equilíbrio. Malu riu:

— Tente outro dia. Depois do tombo, não é bom fazer esforço. Ei, não fique aí parado. Tome o chá, senão esfria.

Ele experimentou e engasgou. Amargo de doer. Pediu açúcar. Ela recusou, explicando:

— Aqui não tomamos nada com açúcar. Quando entra no corpo, o açúcar sofre alterações químicas. Além de engordar, causa angústia.

Curioso, João pensou em pedir mais detalhes. Nunca tinha ouvido falar nisso, e cada vez que comia doces se sentia muito bem. Mas, antes que ele pudesse abrir a boca, a mãe de Malu, vestida com uma malha negra colante, e os cabelos presos em coque, surgiu na porta.

— Amigo novo, Malu?

— João, esta é Lena, minha mãe.

Rapidamente, ela explicou para a mãe tudo o que acontecera. Preocupada, a mulher pediu que João ficasse em pé. Apalpou sua coluna, pensativa. Ele quis facilitar:

— Não quebrei nada. Só entortei o guidão.

— Que osso é esse, chamado guidão, que eu não conheço? — assustou-se a mãe.

— Foi o guidão da minha bicicleta, tia.

— Ai! Socorro! Não me chama de tia. Nem de senhora, nem de dona. Só me trate por Lena.

Pensou um pouco e concluiu:

— Já que você foi atropelado por minha filha, o mínimo que posso fazer é uma massagem. Conhece o shiatsu?

— Não.

— De acupuntura, já ouviu falar?

— Vi na televisão. É um tratamento em que a pessoa é espetada com agulhas no corpo todo. Ei! Eu não tenho vocação pra almofada de alfinetes.

Malu riu:

— Deixe de ser caipira, João. Na acupuntura, a espetada da agulha não dói nada. É muito leve.

Lena se serviu de chá. Explicou:

— De qualquer maneira, você não vai ser espetado. Eu só falei em acupuntura porque ela e a massagem shiatsu têm muito a ver. Muita gente ainda não acredita que funcionem, mas os orientais praticam a acupuntura e o shiatsu há milhares de anos.

— Mas esse... esse tal de shi... *shiatshu* dói?

— O certo é shiatsu, João! — corrigiu Malu. — É uma delícia, você vai ver.

— Segundo os chineses antigos, o corpo todo é movimentado por fluxos de energia. Imagine que nosso corpo é um motor, e a energia, o combustível — continuou Lena. — O corpo fica mal quando a energia é bloqueada.

— Como se fosse um carburador entupido?

— Legal. É como se em nosso corpo existissem milhares de carburadores, que podem ficar entupidos a qualquer momento. O corpo perde a harmonia. Surge a doença. A massagem shiatsu, assim como a acupuntura, restabelece o fluxo de energia. Em vez de ficar falando, vou mostrar como funciona. Vamos até a sala. Vou dar um jeito nos seus carburadores.

Todos riram. Parecia uma brincadeira. Disfarçadamente, João abandonou a xícara de chá quase cheia.

"É horrível!"

Foram para a sala. Malu buscou um lençol no quarto e pôs sobre o tapete. Lena abriu um vidro de óleo de amêndoas e untou as mãos. Disse, com tranquilidade:

— Deixe as roupas na poltrona.

— Ahn? É para tirar a roupa?

— Fique só de cueca. Vou passar óleo no seu corpo. Se estiver vestido vai ficar mais melecado do que brócolis no alho e óleo.

Ele teve vontade de sair correndo. Lembrou-se da meia furada e imediatamente as orelhas começaram a pegar fogo.

"Que dia! Depois do acidente, um *striptease*!"

"Que vergonha, que vergonha!", não parava de pensar, enquanto ia tirando peça por peça.

As duas, porém, não davam nenhuma importância a seu constrangimento. Malu contava à mãe, animada, sobre o movimento em defesa da mangueira. Até que ele tirou os tênis e ouviu um gritinho de surpresa:

— Mãe, sente o chulé que ele tem!

— Incrível, tire os tênis daqui e deixe no banheiro, senão desmaio — pediu Lena.

Com o rosto queimando, João, que estava se despindo atrás do sofá, entregou os tênis. Pegando na pontinha dos cadarços, Malu avisou:

— Vou lavar. Parece que foram a uma guerra.

— Não posso voltar pra casa descalço.

— Depois a gente resolve.

Em seguida, fechou a cortina, deixando a sala na mais total penumbra. Saiu. Lena pediu que ele se deitasse sobre o lençol. Obedeceu, mudo como um sapo, os pensamentos fervilhando.

"Nunca vi uma visita ser tratada desse jeito. Uma visita não, uma vítima! Nunca visitei alguém que me deixou de cueca na sala. Ainda por cima, criticam meu chulé. Essa família é do outro mundo!"

Som! Lena colocara uma música exótica, com toques orientais. Sentiu os dedos dela tocando suavemente a planta dos pés. Era um contato delicado e intenso ao mesmo tempo. Nunca sentira nada igual. Os dedos foram mergulhando, por meio de pequenas pressões, em todos os pontos de seu corpo. Aspirou o aroma delicado do óleo. Os dedos subiram sobre sua pele, leves e agradáveis.

Esqueceu a vergonha. Permaneceu algum tempo na fronteira entre o sonho e a realidade. Cenas e pensamentos desencontrados passearam em mente. Penetrou, finalmente, em uma doce escuridão.

Acordou assustado. Não tinha noção de quanto tempo havia passado. Ainda com uma sensação de leveza, levantou-se. Foi até a poltrona, pegou as roupas. Vestiu-se com cuidado. Tentou esconder o furo da meia puxando a ponta para frente. Ouviu vozes na cozinha. Andou até lá, sem jeito.

Malu, Lena e um homem estavam conversando animados, em torno do jantar já servido. Quando João entrou, sorriram. Malu propôs:

— Senta aí. A gente ia começar a comer agora. Fiquei na dúvida se acordava você ou se o deixava dormir mais um pouquinho. Este é meu pai, Pavel.

— Muito prazer. Eu sou a vítima, seu Pavel.

— Pavel, sem o seu, só Pavel. Soube de tudo. Aceita um bife, João?

— Preciso voltar para casa. Minha mãe deve estar com os cabelos em pé.

— Come, que depois o meu pai leva você de carro. Não esqueça que os tênis estão molhados.

Por alguns segundos, João se imaginou tentando pegar um ônibus de meias. Impossível. Os bifes pareciam tentadores. Sentou-se. Lena o serviu de brócolis cozidos, batata-doce assada, salada de almeirão e bife. Ao morder a carne, sentiu um sabor diferente. Esquisito! Ele, que se considerava um especialista em carne, não reconheceu aquela. Tinha um gosto parecido com a de vaca. Mas era como se fosse... um sabor apenas parecido. Não igual. E a textura era diferente! Não tinha nervos nem gordurinhas.

— Que carne é essa? — perguntou.

Malu riu, animada:

— Viu só, pai? Ninguém nota a diferença.

João retrucou:

— Mas é justamente porque notei diferença que resolvi perguntar. Não é bife como os outros.

— É bife de soja — explicou Pavel. — Não é carne. É feito a partir do feijão-soja. Tem muitas proteínas!

— Enganou você! — brincou Malu.

João mordeu o bife em silêncio.

"Cada uma! Por que comer bife de soja, com tanto açougue por aí?"

— Qual o seu prato predileto? — perguntou Malu.

— Picanha com sal grosso, na brasa, bem passada!

— Que horror!

Três pares de olhos escandalizados fixaram-se em seu rosto. Malu pousou o garfo no prato, nervosa.

— É por isso que você tem um chulé tão forte. É a química produzida pela carne vermelha no seu corpo.

— O que é que tem de errado com a carne de verdade? — insistiu, tentando compreender aquela família.

Pavel foi simpático:

— João, nós somos vegetarianos. Não comemos nem carne de vaca nem de frango. Só de peixe. Nem somos tão radicais, porque alguns vegetarianos não incluem sequer o peixe em sua dieta. Bife, só comemos de soja.

— Por quê?

Lena suspirou:

— Eu era bailarina. Fiz espetáculos lindos, lindos, João! Aí, tive uma doença nas articulações que me impediu de continuar dançando. A Malu era bem pequena nessa época. Corri o risco de parar numa cadeira de rodas. Só melhorei depois que comecei com os exercícios de ioga e a comer de maneira equilibrada.

— Depois disso, eu também fiz questão de abandonar a carne, o açúcar, as conservas — disse Pavel.

— Só compramos vegetais orgânicos, cultivados naturalmente, sem adubos químicos. Comemos aquilo que é saudável.

— Você já viu um boi morrendo, João? — perguntou Malu, em tom dramático.

Preferiu não responder. Ela continuou:

— O boi sabe que vai morrer. É levado até o matadouro e entra numa fila. Vi num filme. Os olhos sofrendo. Toda a angústia desse boi fica concentrada na carne. Depois, as pessoas comem essa carne. Você acha que comer tristeza pode fazer bem?

João permaneceu em silêncio. Ela pensou que fosse interesse e se animou:

— A coisa mais horrível do mundo, João, é saber que tem gente que mata boi e vaca só pra satisfazer a gula. Pra mim, matar bicho é pior que destruir árvore.

Tenho certeza de que, se você pensar bem, vai concordar comigo.

"Concordar em comer rosquinhas com gosto de cimento e tomar chá amargo?", pensou João, sofrendo tanto quanto um boi no matadouro.

Engasgou com um pedaço de brócolis. Tossiu.

Seu coração estava pequenino, apertado e dolorido.

O pai de João era dono da principal churrascaria de seu bairro. Fora criada pelo avô de João e tinha o nome de sua família: CHURRASCARIA DO MORALES. E mais! O pai de João nem mesmo era chamado pelo nome, mas por um apelido: Bisteca. A churrascaria era o orgulho da família.

Era da carne que se vestiam. Da carne que viviam.

A vida de João girava em torno dos braseiros, da carne chiando no fogo. Como filho mais velho, seguia o caminho do pai: trabalhava de garçom, ajudava nas

compras, fazia pagamentos e depósitos, como na tarde daquele dia.

Sentiu de repente a dor provocada pelos amores impossíveis.

"Se ela souber que vivo numa churrascaria, que o apelido do meu pai é Bisteca e que adoro um torresminho, vai dizer que sou uma dessas pessoas horríveis, que matam animais para satisfazer a gula."

Era o momento de dizer a verdade, apesar de tudo. Ele sabia. Se não contasse agora sobre a churrascaria, depois seria muito mais difícil.

"Ela nunca mais vai querer me ver!"

Tomou a decisão mais desastrada. Resolveu mentir. Quer dizer, não disse nenhuma falsidade. Mas evitou a verdade.

Calou-se. Com o desenrolar das coisas, se arrependeria muito desse momento de fraqueza.

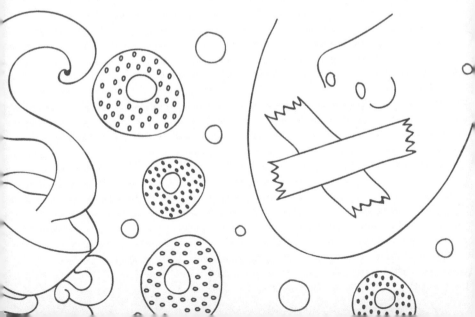

3. Som de serras

_ É aqui.

— Nossa, que casa bonita, João. Adoro arquitetura antiga.

Ele engoliu em seco e abriu a porta do carro. Dera o endereço errado. Mudou de assunto.

— Foi... Foi muito legal conhecer você, Malu.
— Eu também gostei, João. A gente se vê. Até.
— Até.

Ficou olhando o carro partir, já com saudade. Quando iriam se ver outra vez? Em seguida, saiu andando para sua verdadeira casa.

Fingira que morava em um sobrado enorme, no quarteirão de trás de sua própria casa. Não que morasse mal. Pelo contrário. João vivia em uma residência espaçosa, que seu avô construíra havia muito tempo. Só não descera do carro do pai de Malu em frente à própria casa por causa de um pequeno detalhe: morava no fundo da churrascaria. Entrava-se na casa por um corredor lateral. Mas era óbvio que tanto a casa quanto a churrascaria faziam parte da mesma construção.

João deu a volta no quarteirão e entrou em casa descalço, com as meias emboladas no bolso. Felizmente era hora do jantar. Olhou por uma janelinha que dava para o corredor: a churrascaria estava lotada, e seu pai, como de costume, estava no caixa. Correu para o quarto, pegou uma toalha e voou para o banheiro. Abriu o chuveiro, bem quente. Percebeu que o óleo de amêndoas estava impregnado em sua pele. Não saía de jeito nenhum.

"É assim que deve se sentir um filé bem temperado", pensou.

Enxugou-se, vestiu o uniforme de garçom e entrou na cozinha do restaurante com os cabelos pingando. Sua mãe, Adelaide, deu um suspiro de alívio quando o viu. Em seguida, pôs as mãos na cintura, nervosa:

— João, onde foi que você se meteu? Já ia chamar a polícia! Por que não ligou?

— Foi uma confusão, mãe. Uma garota caiu em cima de mim e me derrubou da bicicleta.

— Este mundo está perdido — filosofou a avó, Alcina, que era encarregada dos doces do restaurante, junto com Jandira, irmã de João. — No meu tempo, a gente não podia nem pegar na mão do rapaz, que já ficava falada. Hoje, elas se atiram em cima da bicicleta.

— Vó, não foi de propósito. Ela caiu do galho da mangueira lá da pracinha.

— Deve ser uma doida, para ficar subindo em mangueira — refletiu a mãe.

— Não, é que... deixa pra lá — conformou-se João.

Adelaide cortou um pedaço de picanha, botou uma porção de polentas fritas em um prato e entregou a ele.

Ia dizer que jantara no apartamento de Malu. Mas bastou olhar para a picanha e se sentiu novamente com fome. Devorava o prato quando o pai apareceu na porta da cozinha.

— Bonito, João. Muito bonito. Nem um telefonema. Termina depressa, que estou precisando de você.

— Deixa o menino comer, Bisteca! — reclamou a mãe.

João deu duas garfadas a mais, botou o avental de churrasqueiro que completava o uniforme e correu para o salão.

Era uma churrascaria enorme, com quase duzentas mesas. Havia um gigantesco bufê de saladas, e cada cliente podia comer quanta carne conseguisse. Os garçons ficavam passeando pelo salão, oferecendo, de mesa em mesa, cupim, picanha, alcatra, maminha, linguiça, frango, tênder, costela, costelinha de porco e coração de frango. Os garçons iniciantes, como Jesse, irmão menor de João, tiravam os pedidos de bebida. João, mais experiente, servia as carnes no espeto. Às vezes, oferecia as sobremesas, que vinham em um carrinho.

João amava o trabalho. Gostava de observar os fregueses, saber com um olhar se eram do tipo guloso. Ele e seu pai eram treinados nesse tipo de avaliação. Tinham, por exemplo, pavor dos magrinhos. Daqueles que são delgados por natureza.

— Um magricela come um boi inteiro e nem aparenta — comentava Bisteca.

— São magros de ruins que são — completava a avó, que, como boa proprietária de rodízio, tinha pavor de comilões.

Naquela noite, porém, João não conseguia prestar atenção nos clientes. Só pensava em Malu. Sentiu um calafrio diante da ideia de que ela pudesse aparecer naquele momento para vê-lo oferecendo cupim e costela de mesa em mesa, sorridente.

— Este pedaço está bom, senhor?

— Sim. Pode colocar mais um. Aquele, bem passadinho. E me traga outra porção de polenta frita, por favor.

— Sim, senhor. A senhorita aceita mais um refrigerante?

— Outro *diet*, não se esqueça.

"Como se adiantasse alguma coisa", pensou, com uma ponta de ironia.

Entretanto, apesar do burburinho dos clientes, não conseguia impedir que os pensamentos martelassem sua cabeça.

"Ela nunca pode descobrir que trabalho numa churrascaria! Nunca!"

Seus sentimentos eram contraditórios. Tinha também medo de mentir.

"E se ela gostar de mim? E se a gente namorar? Não posso passar o resto da vida escondendo a churrascaria!"

Decidiu: "Amanhã eu conto a verdade. Olho bem nos olhos dela e falo tudo. É melhor".

Sentia medo. Pavor de não ver Malu de novo. Havia apenas algumas horas que se conheciam, mas ela já ganhara uma importância muito grande em sua vida.

Passou a noite toda nesse vaivém de ideias. Quando o restaurante fechou, estava exausto. Era tarde, e o pai esqueceu a bronca pelo sumiço. Foi se deitar, depressa. João, Jesse e Jandira estudavam de manhã, no colégio do bairro. Quando o expediente ia até tarde, costumavam deitar antes de o restaurante fechar as portas. Era uma vida dura, de muita atividade. Desde que cresceram, porém, João e Jandira ganharam folgas em fins de semanas alternados. Os pais queriam que se divertissem um pouco, saíssem com amigos de sua idade. Também tinham liberdade para levar, desde que não exagerassem, um ou outro amigo para comer de graça na churrascaria.

Agora João descobrira um mundo distante do seu. Nunca ouvira falar de gente como Pavel e Lena, de seu modo de vida diferente de tudo que conhecia. Nem de massagens orientais, meditação ou ioga. Seu estômago roncava, revoltado, só de pensar em vegetarianismo.

"Como seria viver sem comer carne?", admirou-se.

Acomodou-se na cama, puxou o cobertor e fechou os olhos. Lembrou-se da surpresa do tombo e da sensação mágica que tivera ao abrir os olhos e vê-la pela primeira vez.

— Para, João, para!

Abriu os olhos, espantado.

A manhã inundava a janela. Jesse, sentado na cama, o sacudia pelos ombros, assustado.

— Que foi? — perguntou João.

— Você começou a gritar — respondeu Jesse.

— O quê?

— É isso mesmo. Gritou várias vezes: escondam o espeto, escondam o espeto. Que negócio é esse, João?

Aos poucos, ele recordou um sonho estranho, no qual fugia através de uma churrascaria, carregado de espetos com a carne pingando gordura. Malu corria atrás, com um maço de brócolis na mão.

— Ah, me deixa dormir, Jesse!

A porta se abriu, como todas as manhãs.

— Bom dia! Acorda, João! Jesse já levantou?

Era a mãe, bem-humorada. João sempre se admirava.

"Como ela pode estar sorridente todas as manhãs, mesmo quando se deita tarde?"

Encolheu-se sob as cobertas

— Deixa eu dormir só mais um pouquinho.

— Do que adianta ficar mais cinco minutos na cama? Levanta logo, meu filho. Tome um banho morno que você vai se sentir ótimo! E aproveite antes que sua irmã levante. Você sabe o quanto ela demora no banho! — A mãe deu uma piscadinha e saiu.

João deu um salto. Não suportava esperar Jandira sair do banheiro. Quando isso acontecia, ele sempre se atrasava! Disparou para o corredor e pulou dentro do banheiro um segundo antes de Jandira.

Vestiu-se para a escola, sentou-se e tomou café. Jandira chegou logo depois, reclamando:

— Não deu tempo para tomar banho!

— Porcolina! — brincou a avó.

Todos notaram os enormes brincos que a garota usava. Bisteca reclamou:

— Jandira, você vai pra aula ou pra uma festa?

A avó completou:

— No meu tempo, moça de família não usava brinco desse tamanho!

João não resistiu:

— Ah, vovó, você fala assim porque você não viu o biquíni dela, quando vai à praia. É do tamanho do brinco!

Jandira uivou:

— João, precisa botar fogo na língua da vovó Alcina? Pois vou contar uma coisa que ninguém sabe: ontem o João chegou em casa descalço. Vi pela janela da cozinha do restaurante.

— Ai, não brinca! Roubaram seus tênis, João? — lamentou-se a mãe.

— Mas você é fofoqueira, hem, Jandira? Não foi nada, mãe. Meus tênis estão lavados no apartamento da menina que caiu em cima de mim.

— Conta essa história direito — o pai falou, com um sorriso de canto de boca.

— Agora não dá tempo, pai. Preciso ira pra escola.

— Ele não quer contar porque está apaixonado — sentenciou a avó. — Até perde a respiração quando fala nessa menina voadora.

Todas as cabeças se viraram para João.

— Pai, olha como o João ficou vermelho! — riu Jandira.

— Vó, será que você só pensa em namoro, amor, essas coisas? — gemeu João.

— Na minha idade eu não penso em mais nada. Já me aposentei. Você é que anda farejando amor. Faz parte da vida.

João levantou-se.

— Já vou.

— Espere seus irmãos — pediu a mãe.

— Vou na frente.

— Deixa ir, está morrendo de vergonha — disse a avó. — Não tem vergonha, não, João. Amar é bom, é gostoso! Ainda lembro como meu coração batia forte quando conheci seu avô. Imaginem só: o menino está cheirando a leite e já se apaixonou!

Sem esperar mais um segundo, João saiu correndo.

"Imagine se eu conto a história da mangueira, com todos os detalhes. A vovó vai falar um ano sobre o assunto!"

Pensou na mangueira e sorriu. Logo estaria próximo a ela, embora, para chegar à escola, não precisasse passar pela avenida.

De repente, ouviu um barulho das serras.

Distante, mas nítido. Sem pensar um instante, correu pelos quarteirões. Quanto mais se aproximava, mais forte ficava o barulho.

A mangueira não estava mais na praça.

Em seu lugar só havia um melancólico tronco serrado.

Um grupo de trabalhadores colocava os últimos galhos sobre um caminhão. O vento brincava com a faixa SALVEM ESTA ÁRVORE! caída no chão. Os lírios estavam pisados.

João se aproximou. Pegou um pequeno galho da mangueira e um lírio. Nunca tivera coragem de roubar as flores da praça. Agora, que diferença fazia?

Guardou a flor e o galho com folhas.

Sentiu uma tristeza enorme, como se a mangueira fizesse parte de si mesmo.

Precisava telefonar para Malu!

4. Bigode & Beijo

_ O Universo tem bilhões de estrelas, bilhões de planetas. No entanto, tudo funciona em total harmonia, como se fosse uma grande orquestra.

João examinou Malu com o rabo dos olhos. Estava sentada em uma almofada, de pernas cruzadas. Seus pés, completamente adormecidos, pareciam picados por milhares de agulhas. A seu lado, Malu, costas eretas, séria, fixava o olhar no mestre em filosofia tibetana que dava a palestra. Tudo ocorrera muito rapidamente, depois do telefonema. Inicialmente, Malu nem quisera acreditar na derrubada da mangueira. Depois combinara de se encontrarem mais tarde.

— Vai haver uma palestra maravilhosa no Instituto de Filosofia Oriental — ela explicara. — Vou dar o endereço.

Ele chegou antes. Ficou esperando emocionado, contando os minutos. Ela apareceu poucos minutos antes da palestra.

— Desculpa, João, me atrasei. É que estava ao telefone com o Fred. Foi culpa dele, acredita? Lembra que tinha prometido dar plantão em cima da mangueira? E não é que ele dormiu!

— Não diga!

— Acordou com o barulho das serras, deitado no banco da pracinha. Fiquei louca da vida. Rompi relações com ele.

João não simpatizara muito com Fred, mas não achava que a culpa fosse dele.

— Sabe, Malu, achei estranho quando ele falou em dar plantão sozinho. Uma pessoa só não pode com uma equipe de funcionários e com máquinas. Se mais alguém tivesse ficado com ele, talvez a mangueira estivesse de pé.

— Foi exatamente o que ele disse. Eu estava tão furiosa, tão furiosa, que pedi um tempo pra pensar. Talvez você tenha razão e eu deva me desculpar com o Fred. Mas estou tão brava que, enquanto não me acalmar, nem consigo suportar a voz dele!

João e Malu se olharam durante algum tempo. Sorriram.

"E agora, o que eu faço?", pensou ele.

Ela resolveu o impasse:

— Não quer assistir a palestra comigo? É grátis. Você vai gostar. Depois vamos ao meu apartamento, buscar seu tênis.

Bastou o convite para João ficar nas nuvens. Entraram na sala, sentaram-se nas almofadas. A palestra começou. Quanto mais o monge falava, mais incomodado João se sentia. Mas seria capaz de suportar aquela posição por horas. Era suficiente saber que depois iria sair com Malu.

"Será que ela sente o mesmo que eu? Será que só lavou os tênis para ter um pretexto de me ver de novo?"

O mestre observava cada um na plateia detalhadamente. Quando voltou a falar, João notou que seu sotaque não tinha de tibetano. Era cearense.

Alheio aos pensamentos do rapaz, o mestre continuou:

— A natureza possui sua própria sabedoria. As andorinhas, quando nascem, sabem que devem voar milhões de quilômetros sobre o mar, em direção a países tropicais, para deixarem para trás o inverno gélido. Os peixes do fundo mais fundo do mar não possuem olhos que funcionem, mas desenvolveram um sentido diferente, semelhante ao radar, para se orientarem na escuridão das águas aonde o sol não chega nunca. Mas e nós, os homens? Não estamos criando uma civilização que arruína o trabalho dessa grande orquestra que é a natureza? Sinceramente, nós estamos criando um mundo cujo alicerce é a destruição de tudo que nos cerca.

João se remexeu de novo. Bem se via que não estava acostumado a ficar de pernas cruzadas. Malu fez:

— Shhhhh!

O mestre parecia observar João e Malu de forma especial. Sorriu e continuou:

— Todos estão se perguntando: "Como poderemos viver em outro mundo?". A civilização criou o carro que polui e destruiu espécies inteiras de animais. Mas também tem coisas boas. Remédios para doentes graves. Livros. Oportunidades para as pessoas melhorarem de vida. E eu respondo: não precisamos viver em outro mundo. Nem nos refugiarmos no alto de uma montanha, em um mosteiro distante.

Terminou, inspirando profundamente:

— Há um segredo. Talvez não seja o único, mas é o principal. A harmonia com a natureza começa dentro de cada um de nós. Se não sentirmos harmonia no coração, nada mais será possível.

Só depois que o homem se retirou é que a plateia começou a se levantar, comentando, animada, os ensinamentos.

— Você vai ficar sentado, João? — espantou-se Malu.

— Não consigo me erguer.

Era verdade. A perna havia adormecido. Quando mexia, João sentia fagulhas pelo corpo todo. Malu o ajudou a se erguer. Parecia que mil abelhas passeavam por sua perna.

— Bate o pé no chão — ela aconselhou.

João bateu e quase caiu de novo. Mil choques elétricos pareciam percorrer suas veias. Saiu andando com dificuldade.

— Foi fantástico, não foi? — ela comentou.

— Achei legal quando ele falou sobre a harmonia do mundo.

— É mesmo. Eu estava muito nervosa por causa do Fred. Mas o mestre falou coisas tão bonitas que estou me sentindo melhor. E acho mesmo que a culpa por derrubarem a mangueira não é só dele. É de todos nós!

Malu suspirou, continuando a falar sobre o adeus da mangueira:

— Já participei de vários movimentos em defesa de árvores e parques, e sempre acaba assim. No início, é uma festa. Todo mundo vai, os líderes falam com a televisão e os jornais, é o maior barulho. Depois, o pessoal vai sumindo, sumindo. Poucas vezes a gente vence de verdade.

— Malu, minha avó sempre diz que tudo tem seu tempo. Esse negócio de defender as árvores, por exemplo, deve ser como... como arrumar freguesia para um restaurante. No início, quando você faz um ponto, não vai ninguém. Mas, se a comida é boa, o pessoal vai comentando, fazendo propaganda boca a boca. Quando a gente vê, o restaurante está cheio. Quem sabe, com o tempo, muita gente vai começar a se preocupar com mangueiras, jardins, praças.

Ela olhou para ele, maravilhada.

— João, como você é inteligente! E esse exemplo do restaurante é o máximo. De onde você tirou essa ideia?

Ele respirou fundo. Tinha chegado o momento.

"Vou dizer: é porque meu pai tem uma churrascaria."

— Nossa, João, como você ficou sério de repente — admirou-se ela.

"Acho melhor contar aos poucos."

Tomou coragem e começou:

— Sabe, Malu, ontem eu disse que gostava de picanha com sal grosso por uma razão. É que...

Ela o interrompeu, irritada:

— Nem me lembre dessa história. Que desgosto. Não sei como você é capaz de pensar em churrasco depois de ouvir o mestre tibetano falar sobre a destruição da natureza!

Ele ainda tentou num fio de voz:

— Mas Malu...

— João, a gente não toca mais nesse assunto. Eu sei que na sua família deve ser normal comer carne. Mas é como você disse: uma ideia começa aos poucos, vai crescendo, crescendo e crescendo. Não vou ficar insistindo, porque sei que com o tempo você vai aceitar minhas ideias. Muitos amigos meus começaram assim, como você, e hoje são vegetarianos. Só quero que me prometa uma coisa: tente sentir o sabor dos vegetais. Mastigue bem a alface, o brócolis, a mandioquinha. Você vai acabar achando muito mais gostoso que... que um pedaço de carne sangrenta!

— Eu só queria dizer que...

— Não fale mais nisso, João, senão a gente vai acabar discutindo. Só me prometa que vai tentar.

— Tentar eu vou, mas...

— Legal. Desculpe se eu falei assim, meio brava, mas essa história da mangueira mexeu muito com minha cabeça. Sabe, João, quero fazer um convite pra você. Amanhã, todo o pessoal do Movimento Ecológico vai ao rio Pinheiros fazer uma manifestação contra a poluição. Vamos reunir a imprensa e pedir que limpem o rio. Vem com a gente. É na ponte que fica perto da pracinha onde estava a mangueira.

O momento tinha passado.

"Sou um covarde! Foi a prova definitiva. Ela nunca vai aceitar a verdade!"

— Você vem com a gente, João? Assim fica conhecendo todo o pessoal do Movimento Ecológico.

— Pode contar comigo! — garantiu, animado.

"Acho que é o jeito de ela marcar compromisso. Agora eu sei: quer se encontrar comigo!", pensou, mais animado.

Abriu a mochila, pegou um pacotinho e deu para Malu.

— Trouxe para você.

Ela abriu, curiosa. Era o pequeno galho da mangueira, com as folhas já murchas.

— Malu, eu sei que você sentiu muito o fim da árvore. Você defende o verde, os animais, é muito legal. Eu, para falar a verdade, nunca tinha pensado nessas coisas. Mas gostava da mangueira porque ela me lembrava de quando era pequeno. Sempre ia lá com a minha avó. Ela ficava sentada no banco, me contando histórias. Com o movimento na avenida, ninguém mais ia passear na pracinha, eu sei. Mas, às vezes, quando eu passava por perto, sentia saudade daquela época. É como se as histórias que minha avó contava tivessem ficado guardadas na casca da mangueira.

— Que bonito, João!

— Eu trouxe um pedaço dela pra você. Assim você se lembra da mangueira e... de mim!

Ele nem sabia como tivera coragem de, praticamente, se declarar. Ela o olhou, emocionada. Naturalmente, João imaginou que Malu compreendera tudo.

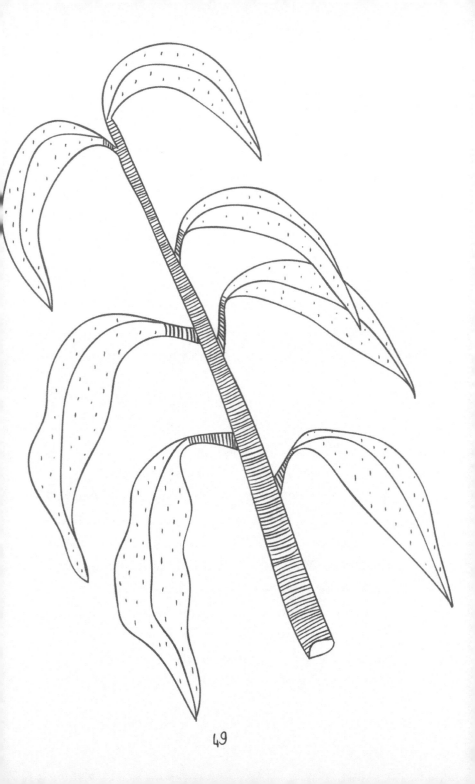

Viu intenções até no convite para a manifestação. Na verdade, ela não entendera coisa nenhuma. Só estava tocada pelo gesto. A paixão, porém, tornou João completamente cego. Tocou a mão de Malu, apertou forte. Ela deixou, sem entender bem o que estava acontecendo.

— Foi um presente delicado, João. Vou guardar, acredite! Espero um dia poder retribuir um gesto tão carinhoso.

Ele sorriu, animado.

"Deve ser uma dica."

Não resistiu nem um segundo mais e se declarou:

— Malu, eu passo o tempo todo sonhando com uma coisa.

— Com quê? — perguntou ela, surpresa.

— Um beijo, Malu. Só um beijo!

"Se fosse um filme, agora eu me curvaria e a beijaria nos lábios", imaginou, fazendo biquinho.

Não conseguiu mover um músculo. Ele e Malu ficaram fixados um no outro durante alguns instantes. Da surpresa, o rosto dela caminhou para o espanto. Finalmente, Malu deu uma grande gargalhada.

— Você me beijar? Você? Mas nem bigode tem!

Paralisado de horror, ele ainda tentou se defender. Fez a voz mais grossa que conseguiu (andava trocando de voz e frequentemente dava uns trinados súbitos) e afirmou:

— Não tenho porque raspo. Eu me barbeio todos os dias.

— Pois saiba que não tenho a menor vocação pra trocar fralda de namorado.

Não pôde ouvir mais nada. Saiu correndo. Voava pela rua, mas a risada de Malu parecia persegui-lo, ecoando em suas orelhas. Encostou-se, um pouco mais tarde, em um poste. Sofria. Lembrou-se do mestre oriental, falando em harmonia.

"Bela harmonia, a da Malu, que tem coragem de me humilhar desse jeito."

Passou a mão sobre a parte superior dos lábios. Sentiu uma leve penugem.

"É injusto. Meu bigode já está nascendo!", pensou revoltado.

Teve uma ideia.

"Ainda deve estar no meu bolso!"

Apalpou um cartão, de papel duro. Puxou. Era do médico que o atendera no dia anterior, na rua. Doutor José Alfredo Pimenta.

Resolveu procurá-lo.

"Quem sabe ele me passa um tratamento para o bigode crescer depressa!"

5. Azeitonas no decote

"Mas ele é mesmo muito criança. Até tem espinhas na cara. É uma pena, porque é muito bonitinho!", pensou Malu, enquanto colocava o galho da mangueira em um jarro de água. "Só a voz, de vez em quando, dá uns tons de agudo, fica horrível. Imagine só, namorar um garoto que ainda está mudando a voz!"

Arrumou as folhas. Sentiu-se emocionada. Trazer o galho tinha sido um gesto muito bonito.

"Se pelo menos ele fosse mais velho! Tem um jeito sério. Aposto que, se estive no lugar do Fred, não abandonaria o posto na árvore."

Lena entrou soterrada em pacotes. Malu correu para ajudá-la, esquecendo um pouco seus próprios pensamentos. As duas foram para a cozinha desempacotar a compra feita na loja de produtos naturais. Bife de soja, queijo tofu, também feito com soja, broto de feijão sem adubos químicos e arroz integral, que nada mais é do que o grão ainda com as cascas. Enquanto Malu ajudava, a mãe a observou cuidadosamente:

— Filha, diga o que está acontecendo.

— Mãe, é tanta coisa! Você já soube? Derrubaram a mangueira que a gente estava defendendo.

— Não sabia, mas não me espanta. Malu, eu participo de movimentos ecológicos desde que tinha sua idade. Quando a gente é jovem como você, imagina que o mundo vai mudar de uma hora para outra. Com o tempo, descobre que a humanidade não se transforma em apenas uma geração.

— Então, do que adianta lutar pelo que a gente acredita?

— O mundo muda devagar, Malu. Como se em cada movimento, cada luta, fosse depositando um tijolinho. Um dia a casa ficará pronta e será o resultado de todos os gestos individuais: o meu, o seu, os de seus amigos, os de gente que nem sequer conhecemos.

— Engraçado. De certa maneira, você está dizendo o mesmo que o João. Claro que ele falou com outras palavras, mas, mas...

— Aquele rapaz que esteve aqui ontem? Gostei muito dele. Tem um jeito sério, maduro para a idade.

Malu reagiu, surpreendida.

— Não passa de um menino!

— Acho que tem um olhar profundo. Faz um tipo bem charmoso. Está interessada nele, Malu?

— Mãe, francamente! Ele ainda está na idade de usar chupeta!

— Nem diga uma coisa dessas, Malu. Quando você fala assim, fico preocupada. O João deve ser até um pouco mais velho do que você, pelo que observei. Acontece que você está muito acostumada a sair comigo e com seu pai. A andar em rodas de adultos. Tenho medo de que não viva as emoções de sua idade. Saiba que ficaria bem contente se você tivesse um namorado como o João.

— Não é só questão de idade! Ele não sabe nada de nada! Nunca tinha ouvido falar em ioga, em movimento ecológico. E, ainda por cima, você escutou: adora churrasco com sal grosso!

Lena riu, divertida:

— Malu, se você quer alguém que saiba tudo sobre tudo, é melhor namorar um dicionário.

— Não brinca, mãe.

— Então vou falar sério. Na idade dele, eu não perdia um churrasco. A gente muda, Malu.

— Mãe, até parece que você virou advogada de defesa do João.

— Pois eu acho que, se você fica tão brava quando eu falo nele, é porque no fundo existe outro tipo de sentimento.

Malu nem respondeu. Quando a mãe punha alguma coisa na cabeça, era inútil discutir. Entrou no banheiro, irritada.

"A minha mãe acha o João charmoso. E daí? Bem... ele tem um bom astral, reconheço. Mas, quando eu namorar, vai ser com um rapaz, não com um garoto sem bigode!"

Parou em frente ao espelho, apalpou o peito. Seus seios eram bem pequenininhos. Ainda estavam nascendo.

"Caroços de azeitona", concluiu.

Cada vez que examinava os seios, ficava irritada. Pior: fazia isso todos os dias, na esperança de que deslanchassem de uma vez. Os ditos pareciam ter desistido de crescer.

"Será que vão ficar deste tamanho para sempre?"

Aterrorizada, pensou nos seios bonitos de sua mãe. Lena adorava usar roupas com decote. Queria ser igual a ela.

"Mas às vezes a genética não funciona desse jeito. Genética não é matemática."

Sabia disso por causa da família do pai. Todas as mulheres eram magras como tábuas de passar roupa. Uma tia tinha sido modelo famosa na juventude. Na época, para desfilar nas passarelas exigia-se que as mulheres tivessem corpos de cabide.

"E se eu puxar minhas tias no lugar de minha mãe? Se continuar assim, nunca vou poder usar decote!"

Algumas de suas amigas da escola já pareciam mulheres feitas. Uma fora inscrita até em um concurso de Garota Verão e ganhara o terceiro lugar no meio de uma porção de moças de vinte anos.

A verdade é que Malu tinha o corpo parecido com a da maior parte das mulheres de sua idade. Acontece que ela frequentava rodas de adultos desde pequena. Era tratada pelos pais mais como uma amiga do que como filha. Quase não ia a festas da turma da escola, a jogos com o pessoal de sua idade. Passara a vida em comícios, movimentos ecológicos, palestras orientais e cursos de ioga. Sabia muito sobre muita coisa. Mas sentia falta de mais experiência da vida: tudo o que conhecia era teórico. Seria capaz de discursar durante horas sobre a defesa das baleias. Mas nunca beijara ninguém.

"Será por isso que fiquei tão brava? Será que foi nervoso?", pensou, lembrando-se do beijo e torcendo as mãos.

Não conseguia entender o que estava se passando naquele momento. Porque, quando se lembrava de João, sentia uma irritação esquisita, misturada com uma sensação de angústia.

"Acho que estou com vontade de ver o João de novo. Ah, que raiva!"

Não era fácil frequentar apenas as turmas dos mais velhos. Tinha vontade de rir com os amigos de sua idade. Mas nunca encontrara ninguém com quem se identificasse realmente.

O pior tinha acontecido no ano anterior. Sim, quase se apaixonara para sempre! Por um amigo do pai, um rapaz oito anos mais velho do que ela. Mas, em certas épocas da vida, oito anos correspondem a uma eternidade, como Malu descobriu. Paulo era muito simpático, ia sempre jantar em sua casa. Acabara de vir do Paraná e trabalhava em informática com Pavel. Malu começou a imaginar que seus olhares agradáveis, os sorrisos e a gentileza significavam alguma coisa mais. Quando ele vinha, corria ao banheiro, passava um pouquinho de batom, escovava os cabelos. Servia chá.

Até que chegou o Natal. O rapaz ia viajar para o Paraná, para ver a família. Antes de partir, já com as malas no carro, chamou Malu pelo interfone. Pediu que ela descesse. Queria falar em particular. Ela voou pelas escadas sem nem sequer pensar em chamar o elevador. O rapaz estava com o carro estacionado em frente. Moreno, alto, elegante. Mais lindo do que nunca, com uma franja caindo no meio da testa. Tinha um pacote nas mãos.

— Malu, quero dizer uma coisa muito importante pra você.

— Diga, diga!

Ele quase nem podia falar, de tanta emoção.

— Quando vim pra São Paulo, longe de minha família, de meus pais, pensei que ia ficar sozinho. Seu pai e sua mãe me receberam muito bem. Vocês foram como uma família pra mim. E você, Malu, foi mais importante ainda. Por isso trouxe esse presente para você. Acho que entende o que quero dizer, não?

— Sim, eu entendo, eu entendo!

— Você é a irmã que sempre quis ter. Tome, feliz Natal!

— Irmã?

Ficou paralisada, com o embrulho nas mãos. Ele sorria, nervoso.

— Abra, quero ver se você gosta.

Sem saber o que dizer, Malu abriu o pacote. Uma tiara com um laço de veludo no alto e um par de brincos combinando! No estilo que as garotinhas usam! E, ainda por cima, verde-alface, uma cor que ela não suportava.

— Escolhi a cor porque você é vegetariana — ele explicou.

"Ele pensa que sou uma menininha boba", descobriu, chocada.

Teve vontade de arrebentar a tiara na cabeça dele. Começou a lacrimejar, de tanta raiva. Ele a abraçou, emocionado.

— Não precisa chorar, Malu. Também estou muito feliz.

Arrumou a tiara na cabeça dela e se despediu com dois beijos. Entrou no carro e partiu com um sorriso até as orelhas.

"Eu sabia que ela ia adorar!", pensava, orgulhoso.

Só se viram mais uma vez, pois o rapaz teve uma oferta de emprego em Goiás, onde mora até hoje. Casou-se alguns meses depois com a noiva que o esperava no Paraná. Mandou convite para Pavel, Lena e a "irmãzinha" Malu.

Por essas e outras é que Malu queria crescer de uma vez. Mas agora estava tocada por um novo sentimento.

"Ele quis me beijar e eu não deixei! Acho que devia ter deixado. Pelo menos agora já saberia como é beijar alguém!"

Lembrou-se com carinho de João, no jantar do dia anterior, tentando disfarçar a meia furada.

"Ele acha que ninguém percebeu o rasgão! E que chulé!"

Sorriu. O chulé era até um pouco romântico.

"Qualidades, ele tem. Foi o único que me telefonou para contar da mangueira. Seria melhor se só quisesse ser amigo."

Subitamente, sentiu-se feliz. Era a primeira vez na vida que recebia uma declaração de amor.

"Será que estou ficando bonita?"

Às vezes achava suas sobrancelhas horríveis. Mas havia uma atriz de televisão com um matagal idêntico. "Quem sabe, é um charme." Só então bateu os olhos nos tênis, ainda úmidos, esquecidos ao lado da banheira. Os tênis de João. Pegou um deles, apertou carinhosamente. Botou o nariz no pano e sentiu que aquele cheirinho de sabonete de certa forma era o mesmo de João. Imediatamente, mudou do romantismo para a raiva.

"Como posso pensar nesse beijoqueiro carnívoro?"

Ouviu Lena bater na porta

— Malu, tem visita pra você.

Sentiu o coração bater descompassado.

"É ele, é o João! Mas, se for, boto pra fora de casa!"

Olhou-se no espelho, arrumou a franja. Os pensamentos rodavam, as vontades rodopiavam em seu peito. Correu para sala, vermelha de nervosismo.

A primeira coisa que viu foi um maço de rosas gigantesco.

Atrás das rosas, o rosto de Fred.

Ficou imóvel. Olhou as flores e lembrou-se do galho da mangueira de João.

Surpresa, não conseguia entender suas emoções.

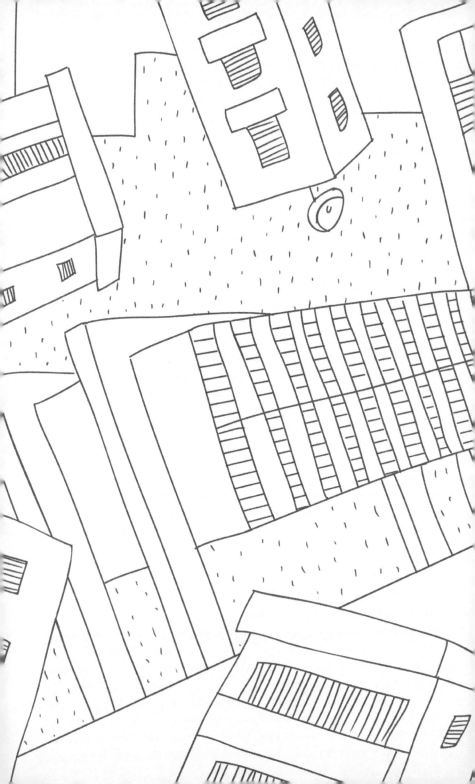

6. Uma consulta muito louca

João demorou em achar o consultório. Ficava em um prédio próximo ao Museu de Arte São Paulo. É impossível não admirar o museu. É de concreto, equilibrado apenas sobre quatro vigas. Dá a impressão de que está flutuando. Porém, o rapaz não estava com humor para admirar a arquitetura. Entrou no número indicado no cartão, nervoso. Achou o conjunto do médico. Na sala de espera, foi até a mesa da secretária. Perguntou pelo doutor José Alfredo Pimenta. A atendente o observou, curiosa:

— Tem hora marcada?

— Não.

— É de algum convênio médico?

— Não.

Ela fez ar de dúvida. João explicou, paciente.

— Ontem ele me socorreu na cidade. Disse que eu podia procurá-lo, se sentisse alguma dor.

— Ah, é? Vou avisá-lo imediatamente.

Segundos depois, saía um paciente. João ajudou a moça a preencher uma ficha com seus dados e foi levado ao consultório. Várias pessoas que estavam na sala o olharam com curiosidade. Devia ser um caso gravíssimo, para ser atendido sem hora marcada, às pressas.

Mal entrou, o médico o deitou em uma maca.

— Que temeridade vir até aqui. Se tivesse telefonado, eu arrumaria uma ambulância. Diga, diga, onde é a dor?

— No coração, doutor.

— Então pode ser enfarte. Mas eu sou otorrino, não entendo nada de enfartes. Você precisa de um especialista. Vou telefonar para o hospital mais próximo.

João suspirou:

— Doutor, meu coração dói de amor.

— Ahn?

— Eu me apaixonei pela garota que caiu do galho.

O médico fez expressão de surpresa. Depois, ficou vermelho como um pimentão.

— E eu tenho jeito de consultor sentimental, garoto? Vá em frente, fale com a moça, mas não prejudique minhas consultas.

— Esse é o problema. Ela não me leva a sério porque não tenho bigode.

— Espere uns três ou quatro anos e tente de novo.

— Ouça meu caso, doutor. É sério. Meu bigode é ralo, ralo que nem penugem de pássaro. Eu preciso de um remédio pra fazer o bigode crescer depressa. Amanhã eu vou encontrar com ela na ponte do rio Pinheiros. É minha última chance!

— Só existem duas maneiras de resolver seu drama, meu amigo. Espere alguns anos ou use um bigode postiço.

— Bem que dizem: pimenta nos olhos dos outros é refresco! Se eu puser bigode postiço, vou ficar com cara de palhaço!

— E se ela gostar de palhaços?

— Quer dizer que meu caso não tem solução? Já estou ficando com dor de cabeça.

— Ótimo. Dor de cabeça é mais fácil de curar do que arrumar adubo de bigode. Quer um analgésico?

— Quero que o senhor me leve a sério, doutor Pimenta.

O médico suspirou. Olhou para o relógio, preocupado. Disse, simplesmente:

— Pó de café.

— O quê?

Explicou, enquanto João ouvia interessado:

— Quando eu tinha a sua idade, sempre queria ir ao bailinho do clube lá da minha terra. Mas não queria ter cara de garoto, senão as moças não dançavam comigo. Eu passava pó de café no buço. Aquela penugem que fica sobre os lábios, você sabe.

— Dava certo, doutor?

— Eu grudava com banha de porco, em pelinhos iguais aos que você tem agora. A banha secava e endurecia os pelinhos. Com pó de café, ficavam mais escuros. O difícil é achar banha de porco, hoje em dia.

— Você me salvou, doutor. Meu pai é dono de uma churrascaria. Banha é o que não falta!

— Que maravilha! Eu estava aqui, pensando: como é que esse garoto vai pagar a consulta? Agora já sei: vou jantar na sua churrascaria hoje à noite, com minha namorada. De graça, é claro. O endereço, faz favor.

"Puxa, mas esse médico é rápido no gatilho!" João concordou.

— Com uma condição. Quero que você me explique uma porção de coisas: ioga, meditação, esse negócio de defender árvores e baleias.

O médico negociou:

— Nossa, quanta explicação! Assim, só com direito a sobremesa e refrigerante.

— Você não perde tempo.

— Combinado. Vou telefonar já para minha noiva não comer mais nada até a hora do jantar. Agora vá. Os pacientes devem estar nervosos lá fora.

João voltou para casa. Tinha que trabalhar na churrascaria. Também precisava explicar ao pai que teria convidados à noite. Mais tarde, poderia aproveitar o fim de tarde para testar o bigode de pó de café com banha de porco.

Se desse certo! Ah, ele iria encontrá-la na manifestação junto ao rio, de cabeça erguida. Sem dizer nada. Malu é que, surpreendida, diria:

— João, como seus bigodes cresceram depressa!

— É que hoje me esqueci de raspar.

E ela confessaria:

— Estou apaixonada por seus bigodes.

E ele:

— Eu, pelas suas sobrancelhas gordinhas!

— Um suco de laranja e uma cerveja, por favor.

— Ahn?!

Pluft! O sonho terminou no ato.

A noite na churrascaria prometia ser cheia. João estava apenas passando entre as mesas, fiscalizando a arrumação das toalhas e dos guardanapos. Aéreo, parara perto de dois clientes ávidos por serem atendidos. Sorriu, profissional, e avisou:

— Já vou chamar o rapaz para tirar o pedido.

Fez um sinal a um garçom e foi até o pai. Bisteca estava preocupado.

— João, a mesa de canto está completamente esquecida. Vai, pergunta se querem mais algum tipo de carne ou se estão satisfeitos.

— Pai, bota outro no meu lugar. Hoje tenho convidados.

— Não vai me dizer que chamou o colégio todo pra comer aqui.

— Nada disso. Vem o médico que me socorreu quando a menina desabou em cima de mim.

— Cada vez que você fala nessa história, fico mais confuso. Está certo. Jesse, vem cá. Hoje você fica no lugar do João, pelo menos enquanto ele estiver com convidados.

Jesse se rebelou:

— Ih, pai, amanhã tenho prova!

— Vê se tem guaraná nos meus olhos, Jesse — respondeu Bisteca. — Você sempre fala em prova quando chega a hora de pegar no batente. Quando eu tinha sua idade...

— Carregava carcaça de boi no lombo. Você sempre conta essa história — completou Jesse, de mau humor. — Tudo bem. Mas amanhã o João tem que trabalhar dobrado.

Jesse foi atender a mesa. João ficou ao lado do pai no caixa. Ajudou a fazer as notas, até que viu um casal entrar no salão. Era o doutor Pimenta com a namorada. Incrível. Se ele era magro, a namorada era muito mais. Parecia um bambu. Ou seja: revelava-se o tipo mais temível para o dono de um restaurante rodízio. Era uma magra comilona, sem dúvida alguma. Magros comilões comem sem medo. João olhou para Bisteca, preocupado:

— Pai, aqueles são meus convidados.

Bisteca gemeu:

— Mas essa mulher deve ser capaz de comer um boi inteiro.

— Como eu podia adivinhar, pai?

— Enche os dois de pãozinho e salada, para perderem o apetite na hora da carne.

— Deixa comigo.

Essa era a técnica principal da churrascaria. João aproximou-se, sorridente. Conduziu-os para a mesa. Mandou trazer torresminho, polenta frita, pão e molho à vinagrete. Logo percebeu que a técnica não funcionaria, pois o casal fitou os pãezinhos com desprezo. O doutor Pimenta apresentou a moça.

— Esta é Marialva, minha futura esposa.

Marialva sorriu e foi avisando:

— Dispenso o pãozinho, nem precisa deixar na mesa. Pode mandar trazer as costelinhas de porco e os coraçõezinhos de frango.

Suspirando, ele fez um sinal ao garçom mais próximo, que ofereceu um pedaço de cupim.

— Bota metade do espeto, faz favor. Sou louco por cupim — disse o doutor Pimenta.

"Se continuarem comendo assim, a churrascaria vai à falência", pensou João.

Durante algum tempo, o médico e Marialva só comeram. Foi o maior prejuízo. A certa altura, o doutor Pimenta descansou os talheres no prato. João teve esperança:

— Posso pedir a sobremesa?

— Não terminei ainda. Só vou descansar um pouco para o segundo *round*. Sabe que gostei muito de sua visita a meu consultório, João? Entendo seus sentimentos. Também estou apaixonado.

Marialva sorriu, charmosa, e contou:

— Estamos juntando dinheiro para casar. Hoje em dia, é muito caro.

"E do jeito que eles comem, deve ser uma fortuna!", concordou João, interiormente.

O doutor ofereceu:

— Diga agora, rapaz, que explicações você quer que eu dê?

— Doutor, ela é a garota mais fantástica que conheci. Mas, quando fala de massagem oriental, filosofia tibetana e vegetarianismo, eu fico completamente por fora!

— Não sou nenhum especialista no assunto, mas tudo se resume numa coisa só, João: nós, do mundo ocidental, sempre procuramos desenvolver a ciência, a tecnologia. Eu sou fã de nossa ciência: nunca se ouviu falar, antes, em transplante de coração, por exemplo.

Marialva interrompeu:

— Mas os orientais desenvolveram outra parte da vida, muito bonita. Eles sempre buscaram a harmonia do homem consigo mesmo e com o Universo inteiro. Sabe, João, para os orientais a vida só vale a pena se a pessoa se desenvolve interiormente. Existem muitos caminhos para esse crescimento: meditação, ioga...

— Até arranjos florais — disse Pimenta.

— O que a flor tem a ver com a meditação? Acho que estou entendendo cada vez menos — gemeu João.

— É claro! — disse Marialva. — Você está querendo entender cada coisa em separado, o que é totalmente errado do ponto de vista oriental. A coisa funciona assim, João. Se eu, como boa ocidental, ponho flores na minha casa, é porque quero enfeitar a sala. Apenas para tornar o ambiente mais bonito.

— Os orientais, porém, desenvolveram uma ciência de arrumação das flores, chamada *ikebana* — explicou Pimenta.

— Deixa eu continuar — reclamou Marialva. — De acordo com a filosofia oriental, quando um japonês faz um arranjo de flores, um *ikebana*, ele está tentando harmonizar o ambiente com todo o cosmo. Não é apenas para enfeitar; cada galho, cada flor usada no arranjo tem um significado.

— E tudo funciona desse jeito — concluiu o doutor. — Se um jogador de futebol faz uma massagem no treino, é para trabalhar os músculos. Já a massagem oriental pretende sintonizar o corpo com a energia universal e ajudar a pessoa a encontrar paz e equilíbrio dentro de si própria.

— E o vegetarianismo?

— Esse é o problema — comentou Marialva, comendo um torresminho. — As filosofias orientais influenciam muito o Ocidente. Eu, por exemplo, já aprendi a fazer *ikebana*. Mas não deixo de comer um bom churrasco por nada. A maioria das práticas orientais, porém, exige que a pessoa se torne vegetariana. Na Índia, a vaca é um animal sagrado.

— Ah, é! Disso eu já sabia — lembrou João.

— Aí é que está o "x" da questão — disse Pimenta. — Cada praticante acredita que sua teoria seja a verdadeira. Quem é vegetariano, por exemplo, diz que as energias contidas na carne do animal produzem desarmonia no corpo. E, por consequência, doenças.

— É verdade, doutor?

— Como diz o ditado, a verdade tem muitas moradas. Eu, como médico, acho que cada pessoa é diferente. Existem pacientes que, por razões médicas, realmente não podem comer certos tipos de carne. Em compensação, em meus tempos de residente, já peguei um caso de uma menina alérgica a morango.

— Nunca ouvi falar. Uma frutinha tão inocente! — surpreendeu-se João.

— Para essa menina era pior que cem quilos de filé mignon. Bastava comer e a garganta começava a fechar. Terminava no pronto-socorro.

— É o que eu acho. Existem teorias que são ótimas para algumas pessoas e péssimas para outras — concordou Marialva. — Eu, por mim, procuro buscar as melhores ideias da filosofia oriental. Mas não sou radical em nada. O mundo ocidental desenvolveu a indústria, e eu acho ótimo. Já pensou em viver em um mundo sem carro nem telefone?

Marialva suspirou:

— Nossa, falei tanto que fiquei com fome de novo. Moço, me vê um pedaço de lombinho!

João suspirou, todo romântico.

"Agora eu sei! Quero conhecer o mundo dela, descobrir o que gosto e o que não gosto."

Perguntou, com uma pontinha de medo:

— Diga francamente: será que ela aceitaria um namorado que vive numa churrascaria?

— Vegetarianos costumam ser radicais — disse Pimenta.

— Se fosse só uma questão de comer carne de vez em quando, talvez ela aceitasse — concordou Marialva. — Mas namorar um príncipe dos espetos deve ser muito forte para a Miss Alface.

— Não faz gozação, por favor — exigiu João, vermelho.

— Só quis ser sincera.

João soltou um suspiro tão grande que até fez barulho. Pimenta e Marialva trocaram um olhar de compaixão. Ela o consolou:

— Não fica triste, João. Às vezes, quando a gente começa a gostar de alguém, tudo parece impossível. Comigo e o Pimenta foi assim. No início, ele nem olhava pra mim. Eu trabalhava em um banco. Ele ia todo dia até o caixa. Passava na minha frente e nem me cumprimentava.

— Magra desse jeito, eu pensei que fosse um guarda-chuva fechado — brincou Pimenta.

— Ai, Pimenta, quando você fala assim eu fico louca. Está vendo, João? Hoje nós nos amamos muito. Se você gosta dessa menina, lute. Batalhe. A gente não pode desistir só porque acha que não vai dar certo.

— O que você fez para atrair o Pimenta?

— Se conselho valesse alguma coisa, não seria dado, mas vendido. Em minha opinião, algum interesse ela tem por você.

— Você acha, Marialva, de verdade?

— Se não, não ia ficar convidando você para ir à palestra oriental, à manifestação no rio. Alguma chance você tem.

Subitamente, João sentiu um grande alívio. Era isso mesmo. Não podia desistir só porque fora chamado de criança ou porque tinha medo de suas opiniões de vegetariana.

— Tem razão, Marialva. Vou em frente!

Estava tão feliz que teve vontade de pular e dançar. Amor de verdade é assim. A gente sente ondas de sentimentos diferentes. Angústia e alegria, dor e amor, loucura e harmonia.

Olhou para o lado, como se quisesse revelar sua felicidade a todo o restaurante.

Percebeu horrorizado que dois olhos o fitavam no canto oposto do salão. Era a garota dos tênis brancos. A mesma que estava com Malu e Fred, perto da mangueira, na hora do acidente. Vira a menina falando animada com o pessoal. Devia pertencer ao Movimento Ecológico. Ao mesmo tempo... sim... já a tinha visto antes, na churrascaria. Talvez fosse uma freguesa. Talvez estivesse lá pela primeira vez.

João abaixou o rosto tão depressa que quase enfiou o nariz no molho à vinagrete. O médico e Marialva o olharam, curiosos.

Sem palavras, João passou o resto da noite de costas para a mesa perigosa.

"Pelo menos não tentou me cumprimentar. Acho que não me reconheceu, com o uniforme de garçom."

Apesar dessa esperança, ficou com a sensação terrível de que um desastre poderia acontecer a qualquer momento.

7. Torcida na lanchonete

— Só um suco de acerola, por favor.

— Não vai nem um sanduíche de queijo, Malu?

— Obrigada, Fred. Mas só vim porque você insistiu. Estou sem apetite.

— Ou porque ainda está brava comigo. Malu, você precisa entender. Eu nem sei como saí do galho e fui deitar no banco. Talvez seja sonâmbulo. Quando acordei, já estavam serrando a mangueira, eu expliquei!

Emocionada, Malu respondeu com voz um pouco mais alta do que o normal:

— Fred, se fosse há alguns meses acho que nem falaria mais com você. Mas ontem ouvi uma palestra linda sobre harmonia. Depois falei com minha mãe. Ela acha que sonho demais, espero que tudo aconteça muito rápido. O João também me fez pensar sobre esse negócio de dar tempo ao tempo, me ajudou a não perder a esperança.

— Que João?

— O João, oras! O acidentado.

Fred franziu a testa e seu olhar parecia querer fuzilar Malu.

— Você se encontrou com ele?

— Pois foi o João que me avisou da derrubada da mangueira. Aliás, nem coragem de me ligar você teve, Fred. Foi bom lembrar. Aí fomos à palestra do mestre tibetano e depois ele ia pegar o tênis em casa, mas aí... bem, aí a gente teve um desentendimento.

Duas mulheres mais velhas, com elegantes roupas de seda, sapatos e bolsas combinando, sentadas no balcão, começaram a acompanhar a conversa. Rapidamente, trocaram olhares com outros dois rapazes, um deles vestindo terno e gravata e o outro com uma camiseta listrada. Malu estava claramente aborrecida. Fred relaxou: parecia mais brava com João do que com ele próprio. Quis botar lenha na fogueira:

— Não sei o que você viu nele, Malu. O garoto é meio periferia.

Sem saber por quê, ela sentiu-se irritada. Num instante, lembrara-se do beijo e ficara com raiva de João. Ao ouvir a crítica de Fred, saiu em defesa:

— Deixa de ser preconceituoso, Fred. Se ele mora num bairro mais distante, o que tem?

— Você viu como ele estava vestido? Com *jeans* rasgado. Hoje em dia, usar *jeans* rasgado é o fim.

— Tem muita gente que gosta. Mas acho que ele rasgou o *jeans* no tombo. Sabe, Fred, estou estranhando muito essa conversa. Eu nunca me importei com as roupas de ninguém. O importante é o que a pessoa pensa, o que diz.

O garçom fechou o cardápio. Adorava ouvir uma discussão. "Serão namorados?", pensou. "Acho que não. Ele é que está interessado nela." Encostou-se ao balcão e ficou assistindo. No bar, o silêncio era absoluto. Todos acompanhavam a conversa como um capítulo de novela.

Sem notar o interesse alheio, os dois continuaram conversando. Apesar do ciúme, Fred quis mudar de assunto:

— Malu, por que a gente está discutindo? Tudo bem, se você achou o carinha legal, ótimo. Eu quero falar sobre outro assunto.

— Você vai à manifestação amanhã, lá nas margens do rio Pinheiros?

— Ainda pergunta? Claro! Mas eu convidei você para a gente falar de uma coisa pessoal.

— Diga.

— Não precisa falar de um jeito tão frio, Malu.

— Achei chato você falar mal do João. Nem o conhece!

Uma velhinha de cabelos tingidos de azul-bebê deu mais um gole em seu iogurte e sorriu. "Ah, se eu tivesse sessenta anos a menos! Não ia ficar brigando com um rapaz tão bonito como esse!" O da gravata, em compensação, deu uma mordida no sanduíche de frango e olhou para Fred com desgosto: "Esse aí não sabe conquistar uma garota. Aposto que vai se declarar logo agora que ela está brava".

O da gravata estava certíssimo. Com mais ciúme ainda, Fred quis definir as coisas.

— Vou dizer a verdade, Malu. Fiquei mordido.

— Mordido por quê?

— Você nem me convidou pra palestra do mestre tibetano. Preferiu chamar o João.

Surpresa, Malu percebeu que chamar Fred nem tinha passado por sua cabeça. Depois da discussão sobre a mangueira, então, menos ainda. "Convidei o João sem pensar. Será por isso que ele ficou com esperanças?"

Tentou explicar, sem convencer nem a si mesma:

— O João me telefonou emocionado para avisar das serras elétricas. Fiquei sensibilizada. Tive vontade de conversar com ele.

"Como foi bom falar com ele!", lembrou.

Uma das mulheres de seda abanou a cabeça, pensativa. "Ela gosta é desse tal de João. Garota de sorte. Dois namorados e eu sem nenhum!"

Fred suspirou. Era naquele momento ou nunca!

— Malu... você nem sabe como fiquei chocado com a nossa discussão. Não que você não tenha razão. Tem, é claro. Eu é que fiz feio. Mas, reconheço... Isso já vale alguma coisa, não vale? Sabe, eu não podia suportar que você ficasse com raiva de mim. Doeu, Malu.

No começo, ela não entendeu o rumo da conversa. Realmente tinha pouquíssima experiência nesses assuntos.

— Legal, Fred. Eu também respeito muito nossa amizade. E acho que não foi certo deixar você sozinho na pracinha.

— Não estou falando de amizade, Malu.

— Não? Mas...

Fred segurou a mão dela e confessou:

— Eu gosto de você.

Todo mundo, na lanchonete, suspirou. Tudo ia se decidir naquele momento.

Malu puxou os dedos, como se tivessem sido agarrados por um escorpião.

— Que história é essa, Fred?

— Pronto, falei. Estava ensaiando há semanas. Não tinha coragem. Mas, quando você começou a falar do João, me decidi.

— Você está completamente enganado. Quero ser sua amiga, só isso.

— A gente tem tanta coisa em comum.

Foi como se um raio atravessasse a cabeça de Malu. Pensou, sem atinar de onde vinham tais ideias: "Ah, se o João tivesse a idade de Fred, tudo seria perfeito".

Levantou-se da mesa, surpresa consigo mesma. A senhora de cabelos azuis torceu as mãos, preocupada. "Vai acabar assim, sem um beijo?"

— Aonde você vai? — perguntou Fred.

— Preciso pensar.

— Eu levo você pra casa.

— Prefiro ir andando, é perto.

— Malu, eu sei que você não tem namorado. A gente se dá bem. Vamos tentar.

— Eu acho você o máximo, Fred, mas...

— Mas o quê? Diga, o que tenho de errado?

Ninguém mais tentava disfarçar. As mulheres, o garçom, o caixa, a velha, o da camiseta, o da gravata e um senhor de brincos na orelha, que acabara de chegar, acompanhavam cada detalhe, movendo o pescoço como se acompanhassem uma luta de boxe.

Malu tentava definir seus sentimentos. Parecia que havia algo errado dentro dela. Uma angústia, uma vontade de alguma coisa que não sabia o que era.

— Eu... acho que você não tem nada de errado, Fred. Mas é que...

— Você gosta de outro?

Os dois se encararam um minuto. O da gravata não resistiu mais e gritou:

— É isso aí, gavião. Ela gosta de outro.

Malu e Fred olharam para o lado. Estarrecidos, depararam com a torcida da lanchonete. A de cabelos azuis aconselhou:

— Garota, o rapaz está babando por você. Na sua idade, eu não deixava passar uma chance dessas!

— Pois eu acredito que ela está apaixonada por outro. Não será esse tal de João, de quem estavam falando? — comentou o de brinco.

Malu gritou, revoltada:

— Intrometidos!

Saiu correndo.

O da camiseta deu seu palpite:

— Não vai, não. Não se arrasta, que é pior.

Irritado, Fred enfrentou a todos:

— Olhem aqui, seus palpiteiros. Vocês estragaram tudo! Agora, fiquem sabendo: vou dar um jeito nesse João. E ainda volto aqui pra comemorar. A conta, por favor.

— Não tem conta, não! Valeu! — disse o garçom. — Se quiser, tome mais um chope.

Fred ergueu os ombros e saiu orgulhoso. A torcida aplaudiu. Todos na lanchonete ficaram comentando e torcendo. Quem não gosta de um romance?

"Vou tirar o João do caminho, custe o que custar!", pensava Fred, enquanto partia em seu carro sacolejante.

Enquanto isso, Malu caminhava tentando descobrir o que acontecia com seus sentimentos.

"Eu sei que não estou legal. Mas é por causa da vergonha que passei naquela lanchonete. Nunca mais ponho os pés lá dentro. Mas... acho que não é só isso, de jeito nenhum!"

Malu sorriu:

"Nunca tinha recebido nenhuma declaração amor. E hoje foram duas! Se bem que o Fred só falou por ciúme do João. Mas se declarou. É o que importa!"

Acalmou-se aos poucos.

"Que bobagem! Ciúme do João! Logo de quem!"

Lembrou-se novamente do galho da mangueira. O gesto delicado com que ele o entregara. Sentiu uma avalanche no peito.

"Por que fiquei tão irritada quando o Fred falou mal do João? Por que, quando o Fred falava, eu só pensava no João?"

Alguém na lanchonete gritara:

— Ela gosta de outro!

Desde pequena, Malu aprendera a ser franca consigo mesma. A meditar. A se conhecer. Agora, cada vez se entendia menos. Havia uma angústia, uma vontade de...

"De ver o João!", reconheceu intimamente.

Teve vontade de ir correndo ao encontro dele. *Flashes* de seu comportamento passaram diante de seus olhos, João na palestra, tentando se ajeitar de pernas cruzadas. João espantado com o bife de soja. Quis ir correndo ao encontro dele.

"Minha nossa! Estou com uma vontade louca de beijá-lo!"

Pela primeira vez, não tinha vontade de sair com a turma dos pais. "Eu queria falar com ele, bater papo. Conversar horas e horas. Falar de coisas que eu sinto. Quando saio com meus pais, nunca faço parte das conversas, de verdade."

Lembrou que não tinha o telefone dele. Lembrava-se vagamente da casa em que seu pai o deixara na noite anterior, depois do acidente e do jantar.

"Nunca mais a gente vai se ver, por minha culpa", pensou, horrorizada.

Depois, abanou a cabeça:

"Quem sabe é melhor assim. Nós somos muito diferentes. Nunca podia dar certo."

Entrou em seu apartamento decidida a esquecê-lo.

8. Beijo com gosto de Bife

De longe, João pôde ver o grupinho reunido junto à margem do rio. Malu estava no meio, parada ao lado de um enorme balde. Aproximou-se calmamente, para fazer charme.

Contava com uma vantagem. Um bigode! Um novo e esplêndido bigode de pó de café. Acordara mais cedo do que todo mundo. Passara horas no banheiro, untando cada fio da penugem com banha de porco e pó. De fato, quando secaram, os fios ficaram escuros, grossos e espetados. Dava coceira, é verdade.

Mas o orgulho de possuir um bigode era suficiente. Tomara o café da manhã cuidadosamente para impedir que o bigode mergulhasse na xícara. Notou que sua mãe o observava com os olhos apertados, como se tentasse enxergar direito. Seria a surpresa? A avó também olhou demoradamente para o bigode, mas sorriu e nada disse. Ninguém, na verdade, comentou coisa alguma.

Agora, na manifestação, seria o teste de fogo. Suspirou fundo e aproximou-se do grupo.

"Vou agir de um jeito bem natural. Senão ela vai achar que estou me arrastando. Quero ver sua reação quando descobrir meu bigode!"

— Oi, tudo bem?

Bem à frente de João estava a menina dos tênis brancos. A mesma que o vira na churrascaria, na noite anterior.

— Lembra de mim? Sou a Diva. Bem que eu achei que era você, ontem, quando...

João a interrompeu irritado:

— Não sei quem você é, não.

Ela o olhou, pensativa:

— Ih, que bobagem! Será que você tem vergonha de ser garçom?

— Eu? Acho que você é doida. Ou está me confundindo com outra pessoa. Agora, me faz um favor. Não fique inventando história sobre mim. Não é legal.

— Também não precisa ser grosso.

— Foi você quem começou.

João virou as costas. Diva ficou parada, surpresa.

"Será que eu me confundi? Não, acho que ele não quer que ninguém saiba que trabalha em churrascaria. Como se pobreza fosse vergonha. Bobo!", pensou Diva.

Como não era de família rica, Diva podia entender muito bem esse tipo de sentimento. Passara a vida toda vendo os pais das amigas tendo carros melhores que o de sua família. Nunca pudera comprar roupas de grife, tênis caros. Estava irritada com João, mas compreendia a reação dele.

"Tudo bem. Pensei até que a gente ia ser amigo. Se ele prefere ser mal-educado, problema dele! Só que está muito enganado a meu respeito. Bastava pedir com jeito. Eu nunca gostei de falar da vida dos outros!"

Enquanto isso, João aproximara-se do grupo. Malu, Fred e o líder do Movimento Ecológico estavam nervosos. Malu e João se olharam.

"Será que foi impressão minha ou ela ficou contente por me ver?"

"Ele veio! O que será essa mancha preta embaixo do nariz dele?"

"Parece que ela está nervosa."

"Não vou nem olhar para ele, para não pensar que estou interessada."

"Vou fingir que só vim por causa da manifestação. Não vou suportar se ela rir de mim novamente."

— Oi, João!

— Oi, Malu. Tudo bem?

Fred e o líder do movimento o cumprimentaram com um aceno de cabeça. Malu suspirou.

— Nada vai bem, João. A gente organizou essa manifestação, vieram mais de vinte pessoas, e nenhum jornal apareceu. Quer dizer, só um. Mas é um jornal pequenininho, que só circula dentro da empresa do pai de um amigo nosso. Do que adianta fazer todo esse barulho se a imprensa não falar nada?

— Mas ninguém avisou os jornais?

O líder gemeu:

— Essa é a questão. Deu um problema no telefone e não chamamos quase ninguém.

João pensou:

— Então, por que vocês não adiam a manifestação? Deixam para outro dia, depois de chamar os repórteres.

— E o que a gente faz com os peixes? — perguntou Fred.

Só aí João percebeu que o balde estava cheio de peixes.

— O que os peixes têm a ver com a salvação do rio?

O líder, Fred e Malu sorriram, como se ele tivesse feito uma pergunta boba. Ela explicou, como quem fala com uma criança:

— Ora, João, você não entende? Vamos soltar os peixes no rio, com os repórteres todos registrando. É claro que todos vão morrer em seguida, porque as águas estão superpoluídas.

— Com isso, a gente vai mostrar para a cidade toda que o rio precisa ser limpo, porque está assassinando a natureza — concluiu Fred.

Uma das características de João sempre foi o espírito prático. Exclamou, surpreso:

— Mas vocês vão assassinar os peixes!

— O quê? — Os três arregalaram os olhos.

— Acho que não combina muito bem — continuou João. — Pra dizer que o rio está morto, vão matar os peixes, atirando os coitados nessas águas imundas.

O líder abanou a cabeça, pensativo.

— Você acaba de me dar uma lição, rapaz. Vamos suspender a manifestação.

— Mas... e se a imprensa aparecer? Ainda dá tempo — disse Fred.

— Se vier, diremos que houve um problema. É vergonhoso. Passamos três semanas debatendo sobre como salvar o rio e foi preciso chegar um rapaz que nem pertence ao movimento para mostrar que estamos no caminho errado. Você tem razão... Qual é o seu nome mesmo?

— João.

— Está coberto de razão. Não é correto tentar salvar alguma coisa destruindo outra. Fred, me ajude a levar os peixes. Vamos avisar o pessoal pra ir embora. Valeu, João. Apareça lá no Movimento Ecológico. A gente tem muito pra conversar.

Os olhos de Malu estavam brilhando de admiração.

— Como você é inteligente, João. Ninguém tinha pensado nos peixes.

Ele estava estufado de vaidade. Mas não tinha coragem de convidá-la para ir embora com ele. Malu, porém, estava decidida. As dúvidas acabaram de repente. Ela vira a admiração do líder, a surpresa de Fred.

"O João é muito especial."

Assim, desta vez foi ela a dar o primeiro passo.

— Você mora desses lados, não é, João?

— É... mais ou menos.

— Acho que eu vou andando com você. De lá, pego um ônibus pra casa. Tudo bem?

Apesar do calafrio — não gostava muito da ideia de ir com Malu até perto da churrascaria —, João concordou, animado. Caminharam falando sobre mil coisas. Ele contou até que tinha ido falar com o doutor Pimenta para entender sobre vegetarianismo.

— Legal, João. É bom saber que você se interessa pelos meus ideais.

Quando chegaram perto da churrascaria, João tomou uma decisão: desviou o caminho. Parou em frente ao sobrado onde fora deixado pelo pai de Malu. Era um endereço muito estratégico, pois o quintal dos fundos dava com o da churrascaria. Sabia que devia convidá-la para entrar. Como não podia, inventou.

— Moro aqui. Malu... eu estou sem jeito, mas... não vou poder convidar você para conhecer minha casa porque... minha família é muito fechada. Minha mãe ia ficar nervosa se eu aparecesse com alguém de surpresa. Além do mais, minha avó está doente e a gente não pode conversar dentro de casa, pra não perturbar o descanso dela.

— Ah, João, não se preocupe. Eu nem poderia entrar, porque tenho que ir pra aula de ioga. Sinto por sua avó. Dá um abraço nela por mim.

— Obrigado, Malu.

— Acho que nem vai dar tempo de ir de ônibus. Vou pegar um táxi.

— Espera, Malu. Eu... achei muito legal ver você de novo.

— Eu também, João. Ontem... ontem eu fiquei com medo de você não aparecer mais. Ainda bem que foi à manifestação.

— Medo? — perguntou ele, cheio de esperança.

— Achei que você ficou magoado.

— Magoado não, triste. Eu... eu gosto muito de você, Malu.

Olhos nos olhos. Silêncio.

De repente, os dois tiveram o mesmo impulso. Aproximaram-se.

Lábios nos lábios.

João sentiu até uma vertigem. A reação de Malu foi bem diferente.

— João, você está com gosto de bife!

"Ih, deve ser a banha do bigode!", refletiu ele, exasperado. Quis disfarçar.

— Deve ser o sabonete.

— Nunca ouvi falar de sabonete com gosto de carne.

— Pois eu nem sabia que você conhecia o gosto do bife!

— Que é isso, João? Meus pais sempre me deram liberdade pra escolher. Eu experimentei carne muitas vezes, mas não gostei.

— Malu... eu nunca mais vou ter gosto de bife, prometo. Seja o que for, dou um jeito.

O sorriso de Malu tornou-se um sol. Ele foi mais longe:

— Será que você gosta de mim, nem que seja um pouquinho?

Ela sorriu de novo, sem dizer nada. Correu. Ele gritou:

— De tardezinha passo no seu apartamento!

— Eu espero!

Maravilhado, João abriu o portão do sobrado. Não queria que Malu o visse fazendo o retorno até a churrascaria.

"O vizinho nem vai perceber."

Entrou no jardim. Contornou o sobrado e dirigiu-se aos fundos. Bastava subir numa árvore e aterrissar no quintal da churrascaria. No meio do caminho, ouviu.

— Grrrrrr!

O doberman do sobrado veio em sua direção, dentes arreganhados. Com um arrepio, João descobriu que não havia escapatória.

"Eu vivo dando ossos pra esse cachorro. Agora, vai mascar minha perna! Traidor!"

Ainda tentou correr até o muro. Inútil.

"Pensei que ele estava preso, como todos os dias."

O doberman pulou em cima dele. Livros e cadernos espalharam-se no chão. Com o impulso das patas nos ombros, João caiu.

Quis gritar por socorro; não pôde.

A língua do doberman estava sobre sua boca. Lambia deliciado a banha de porco usada para encorpar o bigode.

"Acho que sou o primeiro sujeito do mundo que, depois de beijar a namorada, leva um beijo de cachorro!", pensou, revoltadíssimo. "Nunca mais sigo os conselhos do doutor Pimenta. Foi ele quem inventou essa história de banha de porco!"

Depois de lamber todo o bigode, o cão ficou saltitando, amigável. Tranquilamente, João pulou para o próprio quintal. Esqueceu depressa o cachorro. Só conseguia pensar em Malu.

— Puxa, como é bom estar apaixonado! — disse em voz alta, sentindo-se feliz com o som das próprias palavras.

9. Sabor de vingança

As semanas seguintes foram as mais felizes na vida de João e Malu. Ela o ajudou a conhecer um novo mundo. Ele passou a frequentar as reuniões do Movimento Ecológico. Foi muito bem recebido pelo líder, que disse a todos, na primeira vez em que ele foi lá:

— O João tem uma grande qualidade: os pés na terra. Às vezes a gente fala, fala e não vê a solução prática. Acho que ele vai nos ajudar muito.

Com isso, todas as portas do movimento foram abertas. Malu ficou orgulhosíssima, e ele, nem se fala, quase explodiu. Nem sempre o grupo fazia manifestações, ou saía pela rua brigando contra serras elétricas.

A maior parte do tempo os membros passavam coletando fundos para a causa, ou fazendo um jornalzinho, que era distribuído gratuitamente. Alguns assuntos interessaram especialmente a João. Um dia, comentou com Malu:

— Eu fico com a cabeça fervendo quando penso que a natureza demorou milhões de anos para criar cada espécie de animal. E que agora, por causa dos homens, algumas delas estão desaparecendo.

— É verdade, João. Já imaginou, um mundo sem baleias? E olha que essa é uma das espécies mais ameaçadas pela caça indiscriminada.

Certa vez, João foi muito elogiado por um artigo que escreveu sobre o urso panda. Os últimos pandas vivem na China. Existem pouquíssimos, entretanto. A civilização está destruindo o meio ambiente onde eles sempre viveram. E os pandas têm muita dificuldade em se reproduzir. João descobriu que ocorre o mesmo com uma espécie brasileira, o mico-leão-dourado. Por ser muito vendido por contrabandistas de animais, e com a destruição das florestas, o mico-leão também está ameaçado. Malu o abraçou, emocionada, quando viu o artigo publicado, com a assinatura bem grande: João Morales!

Ao comparecer às reuniões, João descobriu o quanto podia amar essas espécies ameaçadas. Passou a pensar em coisas que nunca tinham passado por sua cabeça.

"Eu não sabia que todo mundo é responsável pela preservação da natureza."

Assistiu a atitudes exageradas, é claro. Certa vez, viu dois membros do grupo passarem *spray* no casaco de pele de uma senhora que estava entrando no Teatro Municipal. Mais tarde, depois que terminou a gritaria, um dos responsáveis pelo barulho explicou:

— Se ninguém comprasse casaco de pele, terminaria a chacina de animais. Deixaria de dar lucro.

Muitas vezes, passava horas e horas aprendendo com as conversas sobre ecologia. Certo dia, ouviu o líder do movimento explicar:

— A Terra é um organismo vivo. As pessoas preocupadas com a ecologia estão, de fato, pensando na saúde do planeta. Se perder as florestas, se as águas forem contaminadas e o ar for poluído, todo o corpo desse imenso organismo ficará abalado.

— Como nós, seres humanos, poderemos sobreviver numa Terra doente? — comentou Malu, preocupada.

João falava pouco, nessas ocasiões. Mas ouvia muito. Aprendia. Também assistiu a algumas aulas de ioga. Era inacreditável como Malu e as outras alunas eram capazes de posições aparentemente impossíveis.

E, é claro, conheceu de perto o vegetarianismo.

Inicialmente, parecia apenas uma extravagância. Aos poucos percebeu que, por trás da atitude de não comer carne, havia uma preocupação mais profunda:

a de criar as bases para uma harmonia entre o ser humano e o planeta. Mas também percebeu que muita gente do Movimento Ecológico nem pensava em ser vegetariana. A opção de Malu, seu pai e sua mãe era mais radical.

Descobriu que Malu não fazia concessões nessa área. Tinha, como disse desde o primeiro dia, horror à matança de animais. Apavorado, com medo de perdê-la, João continuou evitando a verdade. Por incrível que pareça, conseguiu.

Ocorre que todo relacionamento entra em uma rotina. Como João morava longe, e dissera que a família não gostava de visitas, Malu nunca fez questão de ir à sua casa.

"Quando ele puder, me convida", pensava. "Seus pais devem ser pessoas muito antipáticas, coitado."

Como Lena e Pavel gostavam muito de João, e aceitavam o namoro com naturalidade, Malu achava normal que ele sempre fosse ao seu apartamento, que passasse para buscá-la na aula de ioga. Que, enfim, participasse mais da vida dela do que ela da dele. Estranhou, naturalmente, o fato de ele nunca falar de sua família. Perguntou, uma vez:

— Seu pai trabalha em quê?

— É comerciante — disse, sem jeito.

Certo dia, conversou sobre o assunto com a mãe:

— Eu não sei... O João fica sem jeito quando fala na família. Eu pensava que ele era pobre. Mas mora num sobrado bom. Às vezes tem mais dinheiro que eu. Qual será o problema da mãe?

Lena refletiu:

— Não se esqueça, Malu, de que eu e seu pai somos muito liberais. Muitas mães, por exemplo, não gostam que as filhas da sua idade namorem. Talvez ele não se dê bem com a família.

— Você acha que eu devo aparecer na casa de João, de surpresa?

— De jeito nenhum, Malu. Se houver algum problema, vai ser pior. Eu sei que o João é legal. Gosto dele. O melhor é deixar passar o tempo, um dia você descobre o que é.

João foi praticamente adotado por Lena e Pavel. Chegava ao apartamento de Malu quando queria, fazia longas visitas. Sentava à mesa com eles, almoçava e jantava. Até parecia gostar do chá amargo, embora sempre tomasse fazendo careta. Só nunca revelou que todo dia jantava duas vezes.

Exatamente. Na casa de Malu, comia bife de soja. Chegava à churrascaria e devorava costelas bem fritas, picanha malpassada, linguiça de porco. Uma vez Lena comentou, surpresa:

— Normalmente, João, quando uma pessoa faz tantas refeições vegetarianas, até emagrece um pouco. No entanto, você está engordando.

Ele ficou mudo, sem saber o que responder.

"Qualquer um estufa comendo dois jantares diários", pensou.

Em casa, entretanto, João falava cada vez menos com os pais. Percebia o olhar triste de Bisteca e Adelaide. O distanciamento dos irmãos. Por não poder apresentá-los a Malu, passou a ter vergonha deles. Muitas vezes, quando via o pai com o avental sujo de carne, ou a mãe com a mão dentro da bandeja de massa, para fazer pãezinhos de queijo, ficava constrangido. Apenas uma vez a avó brincou:

— Onde é que você anda, João, que não para mais em casa? Será que está namorando e não contou nada pra gente?

Ele não respondeu. Curvou a cabeça sobre a xícara de café. A mãe e o pai trocaram um olhar que parecia ser de mágoa. Sabiam que o João tinha, sim, namorada. Fora visto com Malu, no shopping, pela irmã. Também foram informados de que a garota era bonita e chique. Durante várias semanas Adelaide esperou ansiosa pelo dia em que seria apresentada à namorada de João. Chegou a planejar uma mesa cheia de doces. Aos poucos, ela e Bisteca perceberam que João não pretendia trazer a garota para casa...

Bisteca abanou a cabeça. Adelaide enxugou uma lágrima. Nunca mais falaram no assunto.

Apesar de tudo, João continuava trabalhando na churrascaria. Não tinha coragem de pedir ao pai para abandonar os espetos. Sabia a crise que causaria.

"Se eu fizer isso, vai ser uma traição!"

Assim, inventava compromissos, quando não tinha folga. Dizia que ia cuidar da avó, ou ajudar o pai na contabilidade de um negócio. Sumiu em fins de semana alternados. Malu percebeu que havia alguma coisa errada, mas estava disposta a seguir o conselho da mãe: "Um dia ele me conta!".

Apaixonada, preferia não pensar no assunto, embora às vezes uma pulguinha ficasse coçando por horas seguidas.

"Talvez, se eu soubesse qual é o problema, pudesse ajudar, sei lá. A família dele deve ser muito complicada!"

Em compensação, as qualidades de João continuavam fascinando Malu. Suas sugestões para o Movimento Ecológico sempre eram úteis e produtivas. Foi ele, por exemplo, quem teve a ideia de fazer uma rifa para pagar a dívida da gráfica, feita para imprimir o jornal.

Ao lado dele, Malu também aprendeu a se divertir. Sempre cercada por adultos, não conhecia o significado da palavra distração. Com João, aprendeu a ir ao parque não para lutar pelas árvores, mas para desfrutar uma tarde bonita. Passeavam de bicicleta, que finalmente fora consertada, e ela descobriu como era bom simplesmente apreciar a natureza, que tanto defendia. Muitas vezes, quando estavam juntos, ela começava a falar sobre as teorias de harmonização do Universo. João dizia:

— Olha o céu, que bonito!

Ela ficava quieta e descobria que a harmonia pode estar no silêncio, em ficar um momento de mãos dadas, apreciando a beleza do poente.

Mal sabia Malu como era difícil para João sentir alguma harmonia.

"Um dia ela vai saber!", pensava ele, angustiado.

Namorava pisando em ovos. Uma palavra errada colocaria tudo a perder. Pior: a cada dia ficava mais difícil contar a verdade, porque ele se aprofundava nas mentiras. Apesar disso, deixava o tempo passar: "Amanhã ou depois, com jeito, eu começo a falar no assunto", prometia a si próprio.

Passavam os dias, as semanas, e ele não tinha coragem de arriscar.

Mas, se Malu estava disposta a esperar, havia uma pessoa disposta a descobrir qual era o segredo de João. Fred andava verde de ciúme. Quando vira João de mãos dadas com Malu, pela primeira vez, nem quisera acreditar. Fora um dia depois da manifestação, e ele imaginava que Malu ainda estava pensando em sua declaração amorosa. Apesar de todo o barulho na lanchonete, não acreditava, realmente, que ela pudesse se interessar por João. E de repente lá estavam os dois, namorando na sede do Movimento Ecológico.

"Como ela pode preferir esse franguinho a mim?", irritou-se.

Mais tarde, imaginara que era só um encantamento rápido, talvez até dor na consciência devido ao acidente.

Pode parecer burrice, mas acontece. Muitas vezes, quem não é correspondido fica imaginando mil razões absurdas para não ser amado. Lentamente, porém, percebera que o fascínio de Malu por João era pra valer. Não conseguia suportar a ideia.

"Ela se desinteressou quando dormi no plantão e cortaram a mangueira. Mas, se ele não tivesse aparecido, ela me perdoaria. Eu seria o escolhido!"

Por sentir que perdera Malu por causa de uma falha pessoal, queria descobrir o ponto fraco de João. Já passara horas e horas ruminando ideias.

"Tenho certeza de que ele tem algum segredo!"

Todos os membros do Movimento Ecológico frequentavam a casa um do outro. Faziam festinhas aos sábados. Entretanto, em alguns fins de semana João desaparecia. Se alguém perguntava por ele, Malu respondia:

— Teve um trabalho de escola.

Ou:

— Foi viajar com o pai.

Rapidamente, Fred descobriu que João sumia um fim de semana e reaparecia no outro. Tentou puxar conversa com Malu; ela se negou:

— São problemas de família. O dia em que o João quiser me contar, ele conta. Não me intrometo.

"Quer dizer que ainda por cima sou intrometido?", pensou Fred. "Ela está tão cega de amor que nem quer pensar no mistério. Que raiva!"

Por outro lado, sabia que, desde a noite na lanchonete, Malu andava arredia. Conversava com ele o mínimo possível. Evitava caronas. "Não adianta contar que suspeito de João. Vai ficar ainda mais brava comigo."

Qualquer um podia ver que rico, rico, João não era. Mas sempre tinha algum dinheiro no bolso. Uma vez dera a entender que trabalhava.

— No quê? — perguntou Fred.

João ficou vermelho, gaguejou.

"Mas que emprego pode ser esse em que tem um fim de semana livre, outro não? E por que faria segredo de um emprego? Não, não deve ser isso."

Ficava irritado ao ver que João evitava comer carne na frente de Malu. "Outro dia pediu um sanduíche de presunto no bar. Mas, na frente dela, não se atreve! É um falso!"

Decidiu desvendar o segredo. Devagarzinho, conseguiu quebrar o gelo com Malu. Agia como o melhor amigo do casal. Até João, que tinha algumas restrições contra o Fred, acabou reconhecendo que era um sujeito legal. Como era o único que tinha carro, às vezes, à noite, depois de deixar Malu em Higienópolis, levava João até o Butantã. Foram poucas as oportunidades. João recusou a maior parte das caronas.

"Por que ele prefere andar de ônibus nas noites frias?", pensava Fred.

Nas poucas vezes, tinha deixado João em frente a um sobrado antigo. E aí vinha o principal ponto do mistério. Certa vez, Fred errou o caminho de volta e retornou ao mesmo quarteirão do sobrado alguns segundos depois. João não havia entrado. Estava virando a esquina, como se fosse para outro lugar. Rapidamente, Fred fez uma manobra no carro, para segui-lo. Mas, quando fez a volta, João tinha desaparecido.

"Ele mente o endereço! Por quê?"

A curiosidade de Fred aumentava cada vez mais. Tornou-se uma questão mais séria do que a rivalidade. Preocupado, formulava hipóteses. "E se viver em um covil de ladrões? A verdade é que a gente conheceu João por acaso, com o acidente da mangueira. Se ele mente até o endereço... pode ter algo muito mais terrível a esconder!"

Fred estava quase decidido a botar João na parede. Fazê-lo confessar. Mas sabia que podia dar errado. "A Malu nunca vai me perdoar." Um dia, encontrou uma pista.

Aconteceu assim: Fred estava chegando à sede do Movimento Ecológico, com o carro abarrotado de mudas de árvores. Eram plantas doadas pelo Horto Florestal, que os membros do movimento queriam oferecer às escolas, para a formação de jardins. João e dois outros garotos estavam ajudando a descarregar. Fred notou quando Diva chegou e cumprimentou todo mundo. Menos João. Ele virou a cara. Ela fingiu não vê-lo.

"É estranho. Por que teriam brigado?"

Diva não aparecia à sede do movimento havia semanas. Detalhadamente, Fred lembrou-se das outras vezes em que vira os dois. "O João sempre fica longe dela. E a Diva faz questão de não falar com ele. Esquisito, ela sempre foi tão expansiva." Aproximou-se dela mais tarde:

— Oi, Diva, tudo bem? Faz tempo que você não aparece.

— Ah, menino, você nem imagina! A minha mãe vai ter um bebê, acredita? Tudo lá em casa está uma confusão, porque na idade dela a gravidez é difícil. Imagine, já vai fazer quarenta!

Continuaram conversando. Disfarçadamente, falou de João. Imediatamente, Diva fez expressão de mau humor.

— É um grosso.

— Eu nem sabia que vocês se conheciam.

Ela soltou a grande bomba:

— Não me cumprimenta porque tem vergonha de mim, acredita? Deve achar que é feio ser garçom.

— Garçom?!

Fred ficou paralisado. Diva continuou tagarelando. Na verdade, ela não tinha noção da importância do que estava dizendo. Jantava fora com os pais pelo menos uma vez por mês, e ninguém em sua casa era vegetariano. Nunca fora radical. Era mais uma simpatizante do Movimento Ecológico do que uma ativista propriamente dita. Só estava chateada porque João fora rude. Fred, porém, sabia o valor da informação.

Conhecia bem a cabeça de Malu. Num instante entendeu tudo. Continuou a conversar com Diva, como se também não ligasse para o assunto. Descobriu onde ficava a churrascaria. Preparou seu plano, passo a passo.

No sábado seguinte, estacionou o carro nas imediações. Foi até a porta da churrascaria e observou de longe. Viu João, atarefado, correndo de um lado para ouro com os espetos cheios de carne.

"A Malu vai ficar furiosa quando souber que seu queridinho é o rei da picanha fatiada!", sorriu, já sentindo o sabor da vingança.

Afastou-se antes que o João notasse.

Estava pronto para acabar com o rival.

10. O príncipe dos espetos

Nunca uma vingança foi programada com tantos detalhes. Fred estava decidido a desmascarar João, sem deixar nem um pingo de dúvida. "Contar não adianta. A notícia perde o impacto. Talvez ela nem acredite." Esperou o fim de semana passar. Calculou quando João estaria trabalhando novamente e planejou tudo. Por sorte, naquele sábado, havia uma festinha na casa de uns amigos. Uma reuniãozinha com muito bate-papo e dança. Cada um levava uma garrafa de vinho ou refrigerante. Na sala, havia uma enorme mesa de frutas. Fred viu Malu em um canto, animada, conversando com um grupo e descascando uma mexerica. Aproximou-se e perguntou com aparente tranquilidade:

— Cadê o João?

— Não vem. Prometeu cuidar da avó, que está doente.

"Que desculpa esfarrapada!", pensou Fred, continuando seu plano de ataque:

— Ih, eu precisava entregar um livro para ele. Ele me pediu, para um trabalho de escola.

— É urgente?

— Ele me disse que vai entregar o trabalho na segunda-feira. Eu ia levar para ele ontem, mas não deu. O João deve estar preocupado.

Malu sabia muito bem que João andava com algumas notas baixas na escola. Podia ser uma das matérias em que estava mal. Se pudesse telefonar... mas João dissera que estava sem telefone.

Com ar de desânimo, Fred coçou a cabeça.

— Já dei carona para o João umas três vezes... acho que lembro onde é a casa dele, mas não sei direito. Por que a gente não vai até lá? Você me ajuda a encontrar o endereço.

Malu fez ar de dúvida.

— Não sei...

"Moscas são atraídas por mel", pensou Fred.

Podia ver muito bem, no rosto de Malu, a vontade de descobrir a chave para os desaparecimentos de João. A vontade de conhecer a casa dele.

"Como será a casa dele? A família dele?", pensava ela, sempre.

Nunca quisera forçar a situação. Desabafara com a mãe, fizera algumas perguntas, mas fora firme. Agora Fred estava ali, na frente dela, com uma boa razão para ir até a casa de João. Bater à porta e entregar o livro. "E se a gente for convidado para entrar? Quem sabe quebra a barreira? Talvez seja bom chegar à casa dele de surpresa. Acaba o problema", meditou Malu.

Respirou fundo e tomou a decisão.

— Vamos lá, Fred. Mas com uma condição. A gente entrega o livro e volta no ato.

Sentiu-se aliviada. Se João tivesse alguma dificuldade, ela perceberia. Seria discreta. "Vou e está acabado. Não posso prejudicar um trabalho de escola dele. Mais tarde o João pode até ficar chateado quando descobrir que não recebeu o livro por minha causa."

Vitorioso, Fred a acompanhou até o carro. Partiram. Durante todo o trajeto, mal falou com Malu. Ela parecia preocupada. Fred parou em frente ao sobrado. Malu pediu:

— Você desce e chama. Se os pais forem rigorosos como ele diz, podem se importar em ver uma garota batendo.

Com um sorriso, Fred desceu. Malu percebeu que ele estava sem o livro. Virou-se para pegá-lo no banco de trás. Não havia livro nenhum. Estranhou. Mas seus pensamentos foram desviados ao ver uma senhora aparecer na porta.

"Deve ser a avó. Mas ela não estava de cama?"

Viu Fred fazer um sinal, chamando.

— Malu, vem cá.

"Aposto que ela convidou para entrar", pensou Malu, animada.

Coisa nenhuma. Surpresa, a senhora no portão explicava:

— Aqui não mora ninguém com esse nome.

Nervosa, Malu perguntou:

— Tem certeza? É um rapaz de cabelos pretos. Pele morena.

A mulher pensou um segundo e indicou:

— Olha, tem um garoto chamado João na casa que dá de fundos com a minha. Fica na outra rua, paralela a essa.

Os dois voltaram para o carro. Malu estava triste, nem tinha coragem de encarar Fred. Ainda disse, quase sem voz:

— Pode ser que a gente tenha se enganado de sobrado.

Fred ficou em silêncio. Ela continuou:

— Mas quero pedir uma coisa. Se ele mentiu pra mim, porque mora numa casa muito pobre, talvez até num cortiço, você não para o carro. Acelera. Mais tarde eu converso com ele. O João precisa saber que não é vergonha ser pobre.

Felicíssimo, Fred fingiu concordar. Aconselhou:

— Mas se ele mentiu, você precisa saber. Só assim a gente pode ajudar o João.

Malu sorriu aliviada.

"Eu sou um gênio!", pensou Fred. "Quando ela estiver decepcionada, triste, vou abraçá-la. Dizer que pode contar comigo etc. etc. O João pode se preparar para o adeus!"

Acelerou. Fez a volta no quarteirão. Parou em frente à churrascaria. Malu olhou e a princípio não entendeu.

— Mas isso aqui não é uma casa, Fred. É uma...

Nesse instante, viu o enorme letreiro em néon, na frente do prédio: **Churrascaria do Morales**.

"É o sobrenome do João!"

Malu abriu a porta do carro, saltou pra fora. Fred foi atrás.

— Não pode ser, não pode ser! — ela dizia, sem acreditar.

Entrou na churrascaria, enjoada com o cheiro da carne na brasa. Fred foi atrás. Ela caminhou, decidida, pelo salão. O *maître* solícito, perguntou:

— Mesa para dois?

A resposta foi um grito de horror. Profundo, misturado com um gemido de decepção.

— João!

Lá estava ele, terminando de servir as costelas de boi para um cliente. Ao ouvir a voz de Malu, sentiu os tímpanos romperem de susto. Quis gritar "Malu", mas perdeu a voz. "Ah, eu queria derreter", desejou João. "Virar água e sumir no chão." Mas não derreteu coisa nenhuma. Ficou lá, paralisado, enquanto ela se aproximava, furiosa, vendo seus sonhos de amor ruírem a cada gesto. Malu se aproximou, olhando friamente em seus olhos.

— Traidor. Falso! Príncipe dos espetos! Nunca mais quero ver você!

Virou-se e saiu. Fred sorriu, com a expressão de quem havia vencido um campeonato, e saiu atrás. As pessoas da mesa que João atendia observavam a cena, surpresa. O restante dos clientes se perdia na confusão de risos, vozes animadas e o som de garfos e facas trinchando as delícias bem passadas. A cada movimento de Malu para fora da churrascaria, João despencava mais e mais. Quando ouviu o ruído do carro dando partida lá fora, desabou.

Agarrou o cliente nos ombros e começou a chorar. O homem tentava acalmá-lo e se livrar ao mesmo tempo. Os dedos de João, sujos de gordura, manchavam sua camisa novinha.

— Que é isso rapaz, seja forte! — debatia-se o cliente.

— Malu, Malu! — gemia João.

Bisteca e Adelaide vieram correndo. João foi levado para dentro de casa nos braços do pai. Tomou água com açúcar. Mordeu o travesseiro. Molhou os lençóis com as lágrimas.

— Perdi você, Malu. Perdi, perdi! Nunca mais você vai querer saber de mim!

Ergueu a cabeça. A avó estava parada na porta. Aproximou-se, sentou-se a seu lado na cama. Passou a mão em seus cabelos.

— João, na minha idade aprendi uma coisa: a palavra nunca não existe.

Nem mesmo as palavras da avó conseguiram aliviar aquela noite que parecia jamais acabar.

11. Mágoa e revolta

— Pode contar comigo, Malu. Sou seu amigo. Confie em mim.

— Como o João pôde fazer uma coisa dessas? Ele nunca disse que era vegetariano, é verdade. Mas precisava agir como se concordasse com tudo o que eu dizia? E, enquanto isso, trabalhava numa churrascaria!

— Eu sei que você deve estar muito magoada, Malu. Eu também me sentiria do mesmo jeito, no seu lugar.

— Bem que eu sentia um cheirinho de carne na brasa quando gente se abraçava! Pensei que fosse a poluição!

— É horrível, Malu. Se ele foi capaz de ser tão falso, fica difícil confiar nele, de agora em diante.

— Nem me fale "de agora em diante"! Nunca mais quero ver esse mentiroso! Aposto que nem se interessava de verdade pelo Movimento Ecológico! Deve ser capaz de fazer churrasco de urso panda!

Fred passou o braço no ombro de Malu:

— O importante é que você pode contar comigo.

Ela reclinou o rosto no peito dele.

— Ah, Fred, se não fosse você, nem sei onde estaria com a cabeça.

Ele sentiu os cabelos dela roçando suas orelhas.

"Já está no papo. É só uma questão de tempo!", deduziu.

— Só tem uma coisa, Fred. Por mais que eu esteja louca da vida, não quero prejudicar o João. Quero mostrar que sou superior. Dá o livro, eu peço pra alguém deixar com ele.

— Que livro?

Malu ergueu a cabeça, surpresa:

— O livro que você ia entregar pro João. Foi por isso que a gente foi atrás dele. Aliás... não estava no banco de trás quando...

"Como eu sou burro! Esqueci de pegar um livro!", assustou-se Fred. Mas disfarçou:

— Ah, o livro! Está no bagageiro. Deixa que eu entrego, Malu. Prometo. Depois eu deixo lá... lá na churrascaria.

Ela acreditou. Abraçaram-se mais uma vez e ela desceu do carro. Fred partiu, batendo as mãos no volante, de tanta alegria.

No elevador, Malu começou a chorar de mansinho. Queria contar tudo a Pavel e Lena. Mas os pais estavam recebendo uns amigos. Havia música e risadas na sala. Lembrou-se horrorizada do som dos clientes na churrascaria. Era parecido.

"Nunca vou perdoar o João, nunca!"

Cumprimentou as visitas de longe e se enfiou no quarto. Tinha vontade de gritar, bem alto.

— Eu odeio o João! Odeio!

Olhou para o galho da mangueira, que guardara até aquele momento, mesmo seco, em cima da escrivaninha. "Quando ganhei, foi tão romântico! Não passa mesmo de um galho seco." Com raiva, quebrou o ramo em pedacinhos. Jogou no lixo.

Botou a camisola, foi ao banheiro. Lavou o rosto. Apagou a luz e deitou. O corpo dolorido de nervosismo. Durante horas, ficou olhando para o teto, imóvel.

Acordou com dor no corpo todo. Como se tivesse levado uma surra. Lena estava na cozinha, preparando um suco de beterraba com cenoura. A mãe estranhou as enormes olheiras no rosto da filha. Malu sentou-se e ficou olhando fixamente a mesa de madeira.

— Você vai contar o que aconteceu?

— O João é um crápula.

A campainha tocou nesse instante. Sem dizer nada, Lena foi abrir a porta. João invadiu o apartamento. Cabelo espetado. Olheiras enormes, também. Camisa amassada.

— Malu, eu posso explicar tudo.

— Nem quero ouvir.

— Sempre quis contar tudo pra você, Malu. Meu pai é dono da churrascaria.

— Percebi pelo nome dela. Morales! Você mentiu. Foi falso. Brincou com tudo em que acredito.

— Não, não! As coisas foram acontecendo assim, Malu. Eu... quis contar. Mas cada vez que eu começava a falar em carne, tentando entrar no assunto, você ficava brava! Nem queria ouvir. Eu... fiquei com medo que você... que você não gostasse de mim, quando soubesse.

— Pois acertou. Devia ter vergonha de ganhar dinheiro com o sofrimento das vacas.

— É a nossa vida, Malu. Eu errei. Sei que errei completamente. Mas é porque... estou apaixonado por você. Pense, Malu, eu nunca disse que era vegetariano. Só fui deixando as coisas correrem... e quer saber a verdade? Eu gosto de carne. Gosto, nunca vou deixar de comer.

— Horroroso! Se estava apaixonado como diz, pensasse antes de mentir.

— Não consegui dormir a noite toda. Acordei bem cedo. Vim para cá. Fiquei na frente do seu

prédio, até ver você abrir a janela. Aí, eu entrei. Tudo bem, eu menti, mas me perdoe. Vamos começar de novo, Malu.

— Ficou doido?

— Quero dizer a verdade, sempre! Malu... eu me senti muito mal esse tempo todo, escondendo minha família de você. Porque eu tenho orgulho dela. A gente trabalha junto. Minha avó nunca esteve doente, é mais rija que eu e você. Faz uns doces maravilhosos. Minha mãe cuida da carne. E meu pai... Sabe que eu tenho o maior orgulho dele? Trabalha desde criança, carregou um boi inteiro nas costas!

— Falso, falso! Se tem tanto orgulho do seu pai, por que nunca me falou dele? Nem uma palavra?

— Malu, eu não tinha coragem nem de dizer o nome dele!

— E que nome fantástico é esse?

— Bisteca.

— O quê?

— Meu pai se chama Bisteca. Quer dizer, é apelido. Mas ninguém chama meu pai de outro nome, desde criança.

Um véu de raiva cobriu os olhos de Malu.

— Bisteca, João, Bisteca? Como posso namorar um safado cujo pai chama Bisteca. Esse nome, João, simboliza tudo o que nos separa. Fora daqui, bistequinha.

— Mas, Malu...

— Fora, senão eu chamo o zelador, a polícia!

João saiu às pressas. Lena, que ouvira toda a briga da sala, ficou triste quando o viu porta afora. Mas não interferiu. Entrou na cozinha. Malu, agitada, preparava um chá de camomila.

— Malu, você já pensou no essencial?

— E o que é mais importante? Ele mentiu, mãe! Mentiu o tempo todo!

— Talvez não tenha realmente conseguido dizer a verdade. O mundo dele é muito diferente do seu, Malu.

— E daí? Namorar o príncipe dos espetos é que eu não vou!

— Há situações em que o certo e o errado se confundem, Malu. Para nós, ser vegetariano é uma verdade absoluta. Mas a maior parte das pessoas que a gente conhece come carne.

— Se você soubesse a dor que eu sinto por ter sido enganada. É como se eu tivesse namorado um fantasma. Porque o João, o João de verdade, eu nunca conheci!

— Mas você não ama o João?

— Eu? Tenho horror desse moleque!

Tocou o telefone. Malu correu para atender. Era Fred, convidando para um papo. Ela aceitou na hora.

12. Corações na Brasa

— Puxa, doutor Pimenta. Pensei que não fosse chegar hoje!

— Atrasei por causa do trânsito. Algum problema?

— Tem um rapaz esperando pelo senhor. Estava na porta quando cheguei. Ficou na sala de espera só cinco minutos. Depois começou a chorar e a uivar. Botei dentro do consultório, o que eu podia fazer?

O doutor entrou, preocupado. João estava com expressão de quem fora atropelado por um trator.

— Ela acabou tudo, doutor.

— Infelizmente, João, nunca soube tratar de males de amor. Nem dos meus, por sinal.

— Os seus? Mas você não vai casar em breve?

— Ia, a Marialva terminou comigo. Disse que não me ama mais. Apaixonou-se por um árabe e quer se mudar para o Paquistão. Vai se vestir com uma *burka*, aquele traje negro, que esconde o corpo e o rosto!

— O tempo todo?

— Dentro de casa, diante de outras mulheres, não. Mas e quando for a um restaurante? Nem consigo imaginar a Marialva de véu no rosto, sem roer os ossos de um franguinho assado!

João sentiu-se solidário.

— Está sofrendo, doutor?

— Como se meu coração fosse um daqueles que você serve no espeto! O mel da Marialva é doce demais e eu, que sempre fui pimenta até nas coisas do amor, me apaixonei perdidamente.

— Também estou assim, doutor. Afogado no mel da Malu.

Pimenta suspirou. Do seu peito saiu um som tão fino que parecia acorde de violino.

— João, sempre dizem que homem não chora. Mas eu aconselho: grite, se lamente, desabafe. É o que faço todo dia. Choro e grito: Marialva, Marialva!

— Grita sozinho, doutor?

— Grito em frente ao prédio dela. No primeiro dia, Marialva foi lá embaixo e tentou me consolar. No segundo, jogou um balde d'água da janela. No terceiro, a mãe dela apareceu com uma vassoura e me espantou. No quarto, o namorado árabe estava esperando e me chamou pra briga. No quinto, veio a polícia. Hoje foi o sexto.

— E o que aconteceu?

— Ela chorou. Começo a ter esperanças.

— Jamais teria coragem de ficar gritando na frente do prédio da Malu.

— Faça alguma coisa. Quando a gente ama, nunca pode desistir.

Embora o doutor não estivesse em situação de dar conselhos amorosos, João saiu do consultório com novas forças. Decidido a lutar. Com a cabeça mais fria, começou a refletir sobre tudo o que acontecera.

"Como Malu e Fred me descobriram na churrascaria? Será que ela passou em frente por acaso e viu meu sobrenome no letreiro?"

Logo descartou essa hipótese.

"Não... seria muita falta de sorte. Mas... e se o Fred descobriu e levou Malu até lá? Pode ser. A Malu me contou que ele já quis namorá-la. Mas, mesmo assim... e ele? Como ficou sabendo?"

Lembrou-se de Diva. Ela o vira na churrascaria. Chegara a puxar conversa sobre o assunto. "Eu disfarcei. Mas será que ela acreditou que fez confusão, como eu quis que pensasse?" Mas até onde sabia, Diva nunca comentara com ninguém sobre a churrascaria. E ela aparecia cada vez menos no Movimento Ecológico. "Se não fez a fofoca logo depois que me viu, por que foi tocar no assunto agora? E com quem? Fred?"

Decidiu procurar Diva. Se ela não tivesse nada a ver, pelo menos eliminaria a hipótese. Foi à sede do Movimento Ecológico. Morrendo de vergonha, é claro. "E se Malu comentou toda a história? Devem pensar que sou um falso." Foi recebido de braços abertos. Conversou com a secretária e conseguiu o endereço de Diva.

Pelo que descobriu, ela morava em um bairro próximo ao dele, em um conjunto residencial recém-construído, em que todas as casas eram absolutamente iguais. Foi até lá. Uma senhora grávida atendeu. Ele perguntou por Diva e foi convidado a entrar. Ela o recebeu de cara feia.

— Você aqui? Pensei que não queria nem olhar pra minha cara!

João pediu desculpas. Desabafou. Contou a história desde o começo. A mãe de Diva entrou na sala, ofereceu café com bolo e ficou ouvindo tudo. No final, deu o palpite.

— Bem que eu digo pra Diva não se meter em Movimento Ecológico. Só dá maluco.

— A Malu não é doida, não. Apenas radical.

— Não tem nenhuma razão em criticar você. É muito bonito ver um rapaz da sua idade trabalhando com a família. Desde que fiquei grávida novamente e parei de trabalhar fora, a Diva começou a ajudar o pai no escritório.

— Ele é contador — explicou Diva. — Está me ensinando tudo.

— O problema é que eu menti pra ela — disse João.

— O problema é que vocês todos não têm idade pra namorar. Nem você, que ainda tem espinhas no rosto, nem essa tal de Malu, nem a Diva.

— Ah, mamãe! Na minha idade você já estava noiva do papai.

— Eram outros tempos. Não quero que você se case antes de fazer faculdade.

João e Diva suspiraram. "Pelo menos os pais de Malu são bem tranquilos com namoro", pensou ele. Aí, tomou coragem:

— Diva, você comentou com alguém que me viu trabalhando na churrascaria? Eu só queria entender como...

Ela pensou um pouco. Lembrou-se, um pouco irritada.

— Agora que você está falando no assunto, acho que estou entendendo uma coisa. Sabe o que é, João? Desde que eu comecei a frequentar o Movimento Ecológico, nunca me aproximei muito da Malu, do Fred. Era mais amiga de outras meninas, que também estudam no meu colégio. Ultimamente, quase toda a minha turma parou de ir. Você ia gostar muito desse pessoal. Não é assim tão radical, sabe? Eu mesma, quando vi você na churrascaria, achei a coisa mais normal do mundo. Pensei que a gente ia ficar amigo.

— Eu já expliquei, Diva. Fiquei com medo.

— Entendi, João. Mas acho que bastava pedir pra eu não comentar com ninguém. Acha que sou fofoqueira? — Com o olhar fixo em João, continuou: — Sabe, numa das últimas vezes que eu apareci na sede do movimento, Fred veio falar comigo. Todo simpático. Achei até que estava interessado em mim.

— Diva! — reclamou a mãe.

— Nem sei como, ele foi desviando o assunto pra você. Disse que tinha notado que a gente não se falava. Conversa vai, conversa vem, comentei, sim, que vi você na churrascaria. Nunca pensei que estivesse rolando todo esse segredo.

Na hora, João entendeu tudo. Só havia uma explicação: Fred armara a cena. Queria vê-lo fora do caminho.

"Safado! O Fred já estava de olho na Malu, o tempo todo!"

Depois de agradecer, despediu-se de Diva e voltou para casa. Pensou muito e resolveu que a partir daquele momento tudo seria diferente. Foi até a cozinha do restaurante. Seu pai estava temperando a carne com sal grosso. Aproximou-se.

— Está mais calmo, filho? Ficamos preocupados depois da crise que você teve.

João tomou fôlego. Era difícil falar sobre seus sentimentos.

— Pai, quero contar uma coisa. Tive vergonha do senhor.

Bisteca baixou os olhos, sem jeito.

— Eu sei, João.

— Como?

— Eu e sua mãe conversamos muito sobre o assunto. No início, pensamos que você não trazia sua namorada para a churrascaria porque estava começando a sair com ela. Normal. Depois, começamos a pensar bobagem.

A mãe, que entrava na cozinha, resolveu participar da conversa.

— Eu falava, falava. Bisteca, esse menino está fazendo alguma coisa errada. Será que a namorada é mais velha do que eu? Depois, sua irmã contou que viu os dois no shopping, de longe. Disse que era uma menina linda, muito chique.

O pai comentou, triste:

— Finalmente chegamos a uma conclusão: era vergonha da gente.

— Eu sei que não somos finos, elegantes, como talvez seja essa sua namorada. Mas ela seria muito bem tratada. Você fez mal, João.

— Pai, mãe, o problema não era com vocês. Foi o churrasco!

— O quê? — gritou o casal, ao mesmo tempo.

— Ela é vegetariana. É por isso que eu não tinha coragem de trazer a Malu aqui!

Bisteca ficou ofendidíssimo:

— Até agora tive paciência com você, João. Mas essa foi demais. Como inventa de namorar uma vegetariana?

— Bem que a Jandira disse que ela é branca como um queijo. Deve ser falta de carne — concluiu a mãe.

João ofendeu-se:

— A Jandira gosta de falar. A Malu tem a pele linda!

Pai e mãe se olharam, chateadíssimos. Bisteca, refeito da surpresa, deu sua opinião:

— É pior que Romeu e Julieta. As famílias dos dois até tinham chance de fazer as pazes. Mas carnívoros e vegetarianos, jamais!

— Pai, você tem algum conselho pra me dar?

— Esqueça essa moça, meu filho. É um amor sem futuro.

Filho e pai se abraçaram durante longo tempo. João sentiu as mãos de Bisteca, cheias de sal grosso, agarrando sua cabeça. O pai era assim, emotivo. Estava feliz porque, afinal, João contara o que estava acontecendo. João sentiu os grãos de sal grosso entrando em suas orelhas. Esse era o problema com os abraços do pai. Sempre acabava tão temperado quanto a carne destinada ao espeto. A mãe quase chorava de emoção.

— Você quis forçar a situação, filho. Isso nunca dá certo.

— Eu sei, mãe. Imagine que na frente dela eu não comia nem cachorro quente!

Bisteca abraçou mais forte. O sal grosso em suas mãos caiu dentro da camisa de João, temperando suas costas.

— Mas, se você gosta dela, vá em frente. Eu e sua mãe estamos torcendo por você!

Com o coração mais leve, João foi para o quarto traçar um plano de ação.

"Vou dar um jeito em Fred e reconquistar Malu. Como, não sei. Mas vou conseguir!"

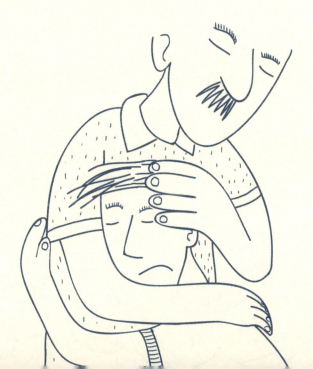

13. Conselho de mestre

João ficou várias semanas pensando, pensando. Conseguira descobrir como acontecera o desastre. Identificara o inimigo. Nem de longe podia imaginar como inverter a situação. Apesar da impaciência, conseguiu ter forças para esperar. "Se eu for procurar Malu agora, só serei humilhado." Continuou, porém, a participar do Movimento Ecológico. Tomava cuidado de só aparecer nos horários em que, sabia, ela estaria na escola ou nas aulas de ioga. Ajudava a fazer o jornal. Os outros membros perceberam que ele estava afastado de Malu. Mas, como nenhum dos dois fizera alarde da briga, ninguém comentava o assunto.

João descobriu que algumas das coisas que tinha aprendido ao lado dela faziam agora parte da sua vida. Continuava muito interessado, por exemplo, no problema das espécies ameaçadas. Pensava até em, mais tarde, estudar zoologia. Só encontrou Diva mais duas vezes. Ela realmente estava se afastando do movimento por causa do trabalho com o pai. Agora conversavam e riam como bons amigos. Várias vezes, Diva o convidou para sair com sua turma.

— Quem sabe você conhece alguém e esquece a Malu.

Ele recusava. Continuava pensando só em Malu. Também sentia saudade de Pavel e Lena. Das conversas sobre anjos e discos voadores e outros temas fascinantes, tão comuns naquele apartamento. Lembrava-se de Lena, da massagem shiatsu — até aprendera a eliminar sozinho a tensão do ombro e do braço. Com Pavel, descobrira o mundo dos computadores. O pai de Malu possuía um moderníssimo, em cuja tela podia fazer até desenhos. Deixara João mexer algumas vezes, explicando alguns programas. Sentia, enfim, falta do carinho daquela família. De suas originalidades. Mas havia, principalmente, um buraco no peito cada vez que pensava em Malu.

É claro que não conseguiu ser um modelo de paciência durante todo o tempo. Muitas vezes, pegava o telefone, discava, só para ouvir a voz dela. Malu atendia:

— Quem é?

João fitava em silêncio, respirando fundo, tremendo de emoção. Malu batia o telefone, irritada. Mas nem isso podia mais fazer. Certa vez, ela começou a falar, nervosa:

— João, eu sei que é você. Só pode ser. Pois saiba que acho horrível esse estilo Frankenstein que você inventou. Não adianta ficar em silêncio, respirando pesado. Falso! Faça o favor de não me ligar nunca mais!

Também visitava o doutor Pimenta, que parecia cada vez mais animado. Marialva rompera o namoro com o árabe. Estimulado, o médico comentava:

— É questão de tempo.

Por mais que pensasse, entretanto, João não conseguia encontrar uma forma de Malu perdoá-lo. Um dia, ouviu um comentário de Diva:

— Dizem que a Malu e o Fred estão namorando.

— Será? — perguntou ele, com voz estrangulada.

— Pelo menos não desgrudam um do outro.

Era verdade. Vira os dois de longe, duas vezes. Numa delas, vinha chegando da gráfica, no banco do passageiro, e notara o carro de Fred saindo, com Malu a seu lado. Botou a cabeça pra fora, quis gritar por ela. Mas Fred acelerou e os dois se foram. Da outra, o encontro ocorrera por acaso. Os dois estavam em uma lanchonete, perto da sede do Movimento Ecológico.

Ele estava entrando. Parou na porta. Os três se olharam por um instante. João virou as costas e saiu.

"Eu preciso de uma ideia salvadora!", pensava.

Mas ninguém parecia poder ajudá-lo.

— Essa menina vive num mundo muito diferente do nosso — comentou Bisteca. — Não vai querer saber de você.

Os conselhos do doutor Pimenta eram doidos demais.

— Por que você não forra o elevador dela de rosas? É muito romântico. Eu enchi o hall de entrada do prédio da Marialva de cestas de abacaxi.

— E o que ela fez?

— Disse que o abacaxi sou eu. Não sei se foi uma crítica ou uma forma de revelar que voltou a gostar de mim. Abacaxi é sua fruta preferida.

"Se as coisas para mim estão ruins, para o doutor estão péssimas", pensou João. "Mas ele não perde a esperança."

Diz um antigo ditado oriental que, quando o discípulo está preparado, o mestre sempre aparece.

Um dia, João teve uma ideia luminosa.

Tudo aconteceu quando abriu um caderno já usado, em busca de algumas lições de literatura dadas no início do ano. Uma flor seca caiu de dentro. Um lírio. Ficou alguns segundos olhando para a flor, sem saber exatamente o que era.

"Como esse lírio veio parar aqui?"

Em seguida, lembrou-se da mangueira. Do galho que levara para Malu e do lírio que guardara dentro do caderno, como lembrança da velha praça, aonde tantas vezes fora com sua avó.

Tudo isso parecia ter acontecido havia muito tempo. Recordou o acidente. O dia em que comeu bife de soja pela primeira vez. O encantamento com o mundo em que ela vivia. Aí, soube quem devia procurar.

"Tudo estava guardado dentro da minha cabeça, como o lírio no caderno. Eu só não tinha aberto a página certa. Vou falar com o mestre em filosofia tibetana. Ele falou nos caminhos do homem. Em harmonia. É um sábio!"

Pedalou até o Instituto de Filosofia Oriental. Não se lembrava do nome do mestre, mas falou com a recepcionista. Descreveu o professor. A mocinha sorriu:

— Ih, deve ser o Zeferino. Está lá no fundo, limpando o gramado.

João atravessou o corredor e saiu em um jardim iluminado pelo sol. De jeans e camiseta, o mestre passava um rastelo no chão coberto de folhas secas. Aproximou-se.

— Moço, desculpe-me. Mas eu assisti a uma palestra sua, faz algum tempo.

— Lembro muito bem. Você estava ao lado de uma moça de sobrancelhas grossas.

— Isso mesmo. Que memória!

— Não é memória, não. Aquela foi a única palestra que dei na vida.

— Como assim? Você não é um mestre?

— Não, apenas um aprendiz.

"Ih, vai dar tudo errado!", pensou João, subitamente incomodado pelo jeito simples do mestre.

— E como nas palestras você fala sobre harmonia, como se conhecesse tudo do Universo?

— O segredo da sabedoria é descobrir que a gente sempre está aprendendo. Por isso quis dar aquela palestra. Para aprender com vocês, que assistiam. Pode ter certeza, rapaz, naquele dia eu me tornei mais sábio, só de observar suas expressões, seus olhares. Mas e você? Por que veio até aqui?

— Porque achei um lírio seco dentro do meu caderno. Uma flor que colhi no mesmo dia em que ouvi a palestra. Uma coisa levou à outra, mas não consigo entender por quê.

— Na vida, a gente pensa muito em causa e efeito. Como se todos os fatos acontecessem numa linha reta, em que uma coisa leva a outra. Mas às vezes os acontecimentos surgem em forma de redemoinho, sem ligação aparente, porém com todos os laços possíveis.

João tomou uma decisão. Resolveu confiar nele e contar sua história. O mestre ouviu atentamente.

Depois, ficou em silêncio um bom momento, admirando as plantas. João não quis interrompê-lo. Também observou as folhas, em suas formas diversificadas. As flores, de tonalidades diferentes. Os desenhos de troncos e galhos.

Finalmente, o mestre sorriu, como se tivesse chegado a uma conclusão:

— Você gosta de peixes?

— Sou louco por tainha frita e bacalhau à Gomes de Sá!

— Deixa de ser guloso, rapaz. Falei em ver peixes, não em comê-los. Leve essa garota para passear no aquário da cidade.

— O quê?

— Vou dar o endereço. É um aquário lindo, com muitas espécies do mar. Fui lá na semana passada. Vá com ela e observe os peixes.

— Por quê?

— Isso você vai ter que descobrir! — disse o mestre, voltando a manejar o rastelo em silêncio.

"Bela droga!", pensou João, um pouco mais tarde, voltando para casa de bicicleta. "Do que adianta sair e ficar olhando peixes? Quero é beijar a Malu!" Depois, pensou um pouco: "O fato é que, pelo menos, ele me deu um pretexto para falar com ela. Quem sabe disse pra gente ir ao aquário porque é um lugar sossegado, bom pra conversar. Mas um parque não seria melhor?".

Em casa, resolveu seguir o conselho do mestre em todos os detalhes.

"Quem sabe o mestre está desenhando um caminho que eu não consigo enxergar? Ele falou que muita coisa na vida da gente acontece que nem um redemoinho. Quem sabe eu entro e deixo rodar?"

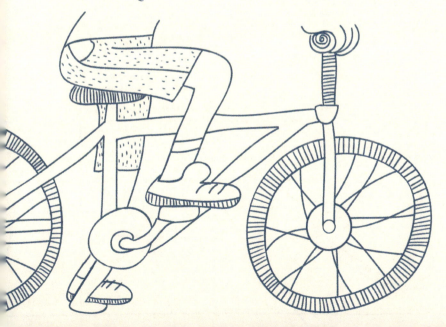

14. A última chance

— Fred, eu gosto muito de você. Só que ainda não tenho cabeça pra pensar em namoro. Você sabe. Meu coração não é um cata-vento.

Fred olhou ao redor. A lanchonete, próxima à sede do Movimento Ecológico, estava vazia. Desta vez, podia falar à vontade, sem medo de plateia.

— Bobagem sua, Malu. Talvez, se a gente estivesse mais próximo, você esquecesse o João mais depressa.

— Nem me fale dele.

— Puxa vida, Malu. Eu só penso em você!

— Não penso em namorar ninguém. Fiquei muito decepcionada com tudo o que aconteceu.

— Mas, Malu, é como se a gente estivesse namorando. Saímos juntos todos os dias. A gente ri, se diverte. Como se fosse um casal.

— Você é um superamigo, Fred. Nem sei como teria suportado tanta angústia sem seu apoio, depois da falsidade do João.

— Eu só queria que... que a gente se entendesse, Malu!

Fred pegou na mão de Malu. Começou a brincar com seus dedos.

"Por que não? Será que eu não posso começar a gostar do Fred?", pensou ela.

Ouviram o som de uma cadeira sendo arrastada. A voz irritada. João sentou-se à frente deles.

— Se você acha que sou falso, então não conhece esse aí.

— João, saia daqui. Agora mesmo!

Ele ajeitou-se melhor. Pôs os cotovelos na mesinha.

— Não saio. Não adianta fugir de mim, Malu. Se fugir, corro atrás, gritando, até você me ouvir.

— Pode falar o que quiser. Não estou interessada.

— João, dá o fora antes que eu perca a paciência. Você seguiu a gente, só quer atrapalhar! — reagiu Fred.

— Exatamente. Vi quando vocês saíram da sede do movimento e vieram para cá. Aliás, é aqui que você vem quase todo dia. Lembra que até nos encontramos uma vez? Só vou sair depois de falar tudo o que tenho para dizer. É importante!

— Vamos embora, Malu.

— Deixa, Fred. Pede a conta enquanto ele fala. Ah, ninguém mais pode ter paz nesse mundo!

— Primeiro quero contar uma coisa. Malu, você sabe que o Fred armou tudo, naquela noite na churrascaria? Ele fingiu que estava tão surpreso quanto você. Mas já sabia de tudo, pela Diva.

— João, deixa de ser mentiroso! O Fred só me convenceu a ir lá porque estava preocupado com você. Queria entregar o livro que você precisava pra escola.

— Que livro? Isso pra mim é novidade.

Malu olhou para Fred, atônita. Lembrou-se do momento em que ele descera do carro, naquela noite. "Eu até quis avisar que tinha esquecido o livro. Mas não havia nenhum livro no banco do carro. Aí apareceu a senhora...", lembrou-se ela. Mais tarde, voltara ao assunto do livro. "E ele disse que estava no bagageiro", concluiu Malu, começando a desconfiar de Fred.

Fred empalideceu.

"Nada foi por acaso. O Fred montou o carnaval!", descobriu Malu, chocada.

Ao se ver desmascarado, Fred nem tentou disfarçar. Foi logo dizendo:

— Está certo, Malu. O João está dizendo a verdade. Eu sabia de tudo. Mas também tinha certeza de que, se contasse, você ia achar que era despeito meu. Eu abri seus olhos, Malu.

Ela levantou-se, furiosa:

— Você só queria acabar com meu namoro. Acha que é bonito gostar de mim desse jeito, me enganando, me tratando como boba? Querem saber de uma coisa? Vocês são iguais! Não passam de dois hipócritas!

Saiu da lanchonete, quase correndo. João levantou-se e foi atrás dela. Fred ficou sentado, sem forças.

"Não adiantou nada. Ela nunca vai gostar de mim!", pensou Fred.

João alcançou Malu na esquina.

— Saia daqui, João! — exigiu ela.

— Não, Malu, eu tenho um convite pra você.

— Está louco?

— Quero que vá ao aquário comigo.

— Nem pensar. Dá o fora, João.

— Malu, eu não sei nem explicar por que quero ir ao aquário. Mas eu sei que é muito importante pra nós dois. É a última coisa que eu peço pra você!

Ela pensou alguns segundos, irritada. Depois, resolveu:

— A última? Ótimo. Eu vou ao aquário.

— Vai mesmo?

— Com uma condição. Depois disso, você desaparece. Evapora. Para de ligar pra minha casa. Fica longe de tudo que eu faço. Some de perto de mim.

— Mas, Malu...

— Só vou se você prometer.

"Eu tenho alternativa?", pensou João, desanimado.

— Prometo, Malu. Eu desapareço. Nunca mais você vai me ver.

Malu fez sinal para um táxi. Partiram. Ela quis pagar a corrida, ele não deixou. Gastou quase tudo o que tinha no bolso. Foi até a bilheteria com as pernas tremendo.

"E se meu dinheiro não der?"

Já podia imaginar a gargalhada que ela daria. Quando viu o preço, quase desmaiou. Nesse instante, notou a bilheteira.

Era Marialva, a amada de Pimenta.

— Você não trabalhava no banco?

— Só na época em que conheci o Pimenta. Faz meses que estou trabalhando aqui.

— Não ia casar com um árabe e mudar pro Paquistão?

— As coisas mudaram.

João tomou coragem:

— Marialva, você precisa me quebrar o galho. Arruma dois ingressos que eu pago depois.

— João, você é meu convidado. Afinal, padrinhos merecem ser bem tratados.

— Ih… acho que não captei a mensagem.

— Voltei com o Pimenta ontem! Agora é pra valer. Ele provou que me ama. Eu descobri que sempre estive apaixonada por ele. Vamos nos casar e você vai ser nosso padrinho.

— Mas não tenho idade pra assinar os livros!

— Fica sendo padrinho do coração!

Com os ingressos na mão, João sentiu que de alguma maneira as coisas estavam começando a mudar. Entrou com Malu no aquário. Eram "quilômetros" de corredores. No início, não falaram nada. Foram andando, observando as paredes de vidro e os peixes mais extravagantes desse mundo. Pretos. Prateados. Vermelhos. Carpas de cores variadas, como um arco-íris. Peixes dentuços. Enguias. Espadas. Miniaturas. Voadores.

Era um encantamento. Aos poucos, Malu foi perdendo a expressão carregada. João também começou a se acalmar.

Ficaram muito tempo passeando. Pararam em frente à vitrine dos peixes-lua, pretos e arredondados,

com estrias azuis, vermelhas, verdes, num eterno movimento de vaivém. Silêncio. Ela virou-se, ele pensou que ia dizer alguma coisa maravilhosa.

— Vou embora, João. Vi o aquário como você quis.

João abriu o caderno que trazia na mão. Entregou o lírio seco a Malu.

— Guardei pra você. Era da praça da mangueira.

Seus dedos se tocaram por um segundo. João pensou ver um início de lágrima nos olhos dela, mas não teve certeza. Malu guardou o lírio. Quase sorriu ao dizer:

— Adeus, João. Não esqueça o que prometeu.

Virou-se e saiu.

João ficou parado no meio do aquário, com uma raiva danada dos peixes, do mestre tibetano, de Fred, dele mesmo e até de Malu.

"Não deu certo. Ela nunca vai me perdoar!", pensou, sentindo-se derrotado.

Sentou no chão e começou a chorar.

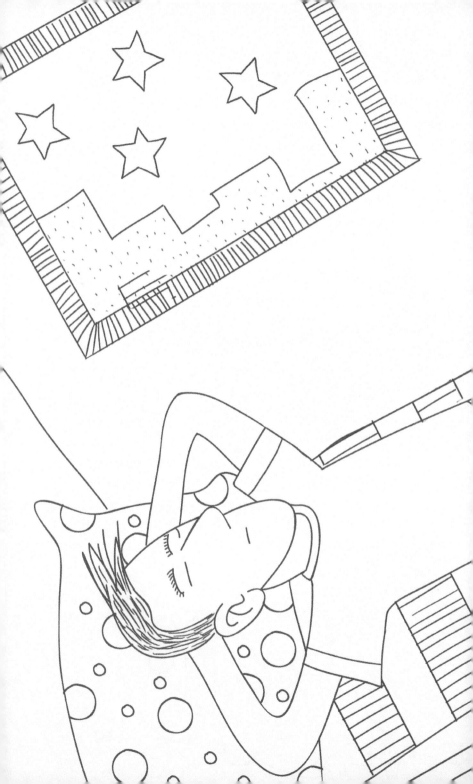

15. Belezas da vida

João entregou-se ao trabalho como nunca em sua vida. Dedicava-se à churrascaria dia e noite. Bisteca e Adelaide ficaram até preocupados. Diziam para ele sair, passear com amigos. Não queria. Sua vida tornou-se uma rotina: de casa para a escola, da escola para a churrascaria, desta para o quarto. Sentia falta, é claro, do pessoal do Movimento Ecológico. Do jornal.

"Vou cumprir minha promessa", pensava. "Nunca mais quero passar por falso, sem palavra. É horrível!"

Doer, doía muito, pois continuava a gostar da Malu. Muitas e muitas noites ficou acordado na cama, tentando entender o sentido da mensagem do mestre tibetano.

"Por que ele mandou a gente pro aquário, afinal?"

Pensava e pensava, sem chegar a uma conclusão. No fim, acabava irritado.

"Fui achar que era como entrar em um redemoinho, que as coisas começariam a acontecer em torno de mim. Bobagem. Devia ter levado a Malu para uma sorveteria, tentado resolver tudo na base da conversa."

Ao mesmo tempo, sabia que nunca teria dado certo. Não, enquanto ela continuasse tão magoada. Numa última tentativa, chegou a procurar o mestre novamente. Soube que Zeferino estava viajando, fora para a Índia fazer um curso. Encontrou-se com Pimenta e Marialva. Contou tudo. As opiniões foram diferentes:

— O aquário é um lugar bem romântico — disse Marialva. — Muitos casais gostam de passear por lá. Talvez o mestre tenha achado que o romantismo da atmosfera derreteria a Malu.

— Não... Se eu conheço um pouco de filosofia oriental, o mestre queria que vocês percebessem alguma coisa. Existe uma mensagem nesse passeio que os dois deveriam ter entendido — explicou Pimenta.

— Mas que mensagem é essa? — rugiu João, sofredor.

— Aí é que está. Eu não sei. Mas, se vocês tivessem percebido, talvez tudo fosse diferente.

"Mensagem, mensagem", refletia João. "Por que o mestre não disse de uma vez a razão desse passeio?

Mas que sentido pode haver num monte de peixes diferentes?"

De repente, João quase saltou da cama. Não havia entendido do que se tratava, mas percebia que estava mais perto do sentido.

"Diferentes. Peixes diferentes. Eram muitos peixes diferentes."

"Diferentes", pensava Malu, em seu quarto. "O que deu no João para me mostrar tanto peixe? Será que queria falar alguma coisa sobre carne, vegetarianismo? Não, não... o João é muito prático. Se quisesse dizer alguma coisa, seria mais exato. Não... não... ih... eu acho que ele também não sabia por que me levou ao aquário. Se soubesse, teria dito alguma coisa. Mas então... que ideia foi essa?"

Estava resolvida a nunca mais falar com João. Não queria pensar nele. Mas não conseguia tirar o passeio da cabeça. Quando pensava em João, era obrigada a reconhecer, sentia-se emocionada.

"Ele é capaz de coisas incríveis. Foi tão bonito olhar para aqueles peixes todos, diferentes, cada um mais lindo que o outro! Diferentes. Por que ele fez tanta questão de mostrar peixes e peixes?"

Aquele último passeio parecia uni-la a João mais do que qualquer outra lembrança. Do namoro existiam boas recordações. Mas elas eram ofuscadas pela mágoa da descoberta.

"Ele me enganou. Eu nunca vou poder esquecer!"

O passeio no aquário, porém, parecia uma coisa à parte. Acontecera depois de tudo. Fora especial.

"Ele achava que eu ia voltar atrás, é claro. Mas por que eu mudaria de opinião depois de visitar um aquário?"

Foi como se uma vozinha dentro dela mesma respondesse.

"Porque eram peixes diferentes."

Subitamente, Malu sentiu como se houvesse um clarão dentro dela.

"Entendi! Mas... é tão bonito, tão bonito!"

A conclusão desabrochou dentro dela com se fosse uma flor.

"Agora eu sei. Ele não podia me dizer nada porque eu devia descobrir por mim mesma. E... eu sei! Como fui boba!"

Malu sempre teve uma grande qualidade: a autocrítica. Naqueles dias, enquanto pensava na conclusão sobre a visita ao aquário e sua inquietação nos últimos tempos, ela foi se acalmando. Entendeu o que era simples, o que era óbvio. João e ela eram diferentes.

"Como um peixe é diferente do outro."

A mágoa desapareceu e no lugar surgiu uma enorme vontade de vê-lo.

"Se pelo menos ele telefonasse. Eu me faria de difícil, é claro. Mas... quem sabe?"

Horrorizada, percebeu que ele não ia ligar. Tudo indicava que João ia cumprir a promessa. Nunca mais fora ao Movimento Ecológico. Nem fizera nenhuma tentativa de aproximação. Descobriu que era sua vez.

Sofreu. Não estava acostumada a dar o primeiro passo. Mas, a cada dia, sentia mais vontade de vê-lo e de falar sobre sua conclusão maravilhosa. Um dia, foi até a esquina da churrascaria. Começou a tremer e voltou, correndo, com medo de que ele a visse. No outro, chegou mais perto.

"Ai, como é enjoativo esse cheiro de carne", pensou.

Em seguida desistiu.

Finalmente chegou o dia. João estava terminando de servir uma mesa quando o *maître* se aproximou:

— Lá fora tem uma mocinha querendo falar com você.

"Quem será?", pensou João. "É capaz de ser a Diva. Aposto que quer filar um rodízio."

Nem se apressou. Calmamente, terminou de servir a mesa. Saiu.

Parada na calçada, diante da lua refletida nas janelas, estava Malu. Seu coração deu um salto. De repente, ele se sentiu ridículo com aquele avental comprido e o uniforme de churrasqueiro gaúcho.

Perdeu a respiração. Ela sorriu:

— Oi, João.

— Malu!

Aproximaram-se. Sorriram um para o outro e ele sentiu como se a lua estivesse brilhando no seu coração.

— João, desde aquele dia, o aquário não me saiu da cabeça. Eu não conseguia entender por que você me levou até lá.

— Nem eu.

— Como, João? Eu pensei, até decifrar a mensagem, e agora você me diz que nem sabia o que estava fazendo?

— Malu, eu estava tão desesperado de amor, tão triste, que nem conseguia pensar. Aí, lembrei do mestre de filosofia tibetana. Procurei por ele e pedi um conselho. Ele me deu a ideia do aquário. Eu pensei que ia acontecer alguma coisa mágica lá dentro, mas você me deu o maior fora. Eu penso, penso... e até agora não entendi perfeitamente. Só sei que ele queria que a gente visse os peixes diferentes... e eu acho que o fato de serem diferentes tem a ver.

Ela deu uma gargalhada. Não de brincadeira, mas de alegria.

— Foi o máximo, João. Nossa, que legal você pedir o conselho e me levar pro aquário. Sabe, eu descobri o que o passeio quis dizer.

— É por isso que você está aqui?

— São muitos peixes, muitas formas, muitas cores, muitas espécies. Todos têm sua beleza. Tudo é vida, João, tudo é vida. Todas as vidas têm beleza.

— Agora eu entendi tudo, Malu. Só estava faltando uma pecinha pra eu terminar o quebra-cabeça. É isso mesmo. Nenhum esconde sua cor, nenhum disfarça sua forma. Todas as vidas têm beleza.

Juntos, Malu e João haviam descoberto que a multiplicidade das pessoas é o que torna este mundo tão bonito. A força dessa conclusão valeu para esquecer as mágoas e os descaminhos. As cores e formas de cada um é que fascinam o outro.

Abraçaram-se em um impulso. Ficaram muito tempo assim, sentindo como a vida pode ser bonita. Ergueram a cabeça, olharam-se longamente. Malu aproximou o rosto.

Tocaram os lábios, como se fosse a primeira vez. Beijaram-se longamente. De novo, juntos. E agora sabiam que seria por muito, muito tempo. O que sentiam, um pelo outro, era realmente especial.

Amor, do jeito que vale a pena.

AUTOR E OBRA

Walcyr Carrasco nasceu em 1951 em Bernardino de Campos, SP. Escritor, cronista, dramaturgo e roteirista, publicou mais de trinta livros infantojuvenis ao longo da carreira, entre eles, *Meu primeiro beijo*, *Asas do Joel* e *Irmão negro*. Fez também diversas traduções e adaptações de clássicos da literatura, como *A volta ao mundo em 80 dias*, de Júlio Verne, e *Os miseráveis*, de Victor Hugo, com o qual recebeu o selo "Altamente Recomendável" pela Fundação Nacional do Livro Infantil e Juvenil. *Pequenos delitos*, *A senhora das velas* e *Anjo de quatro patas* são alguns de seus livros para adultos. Autor de novelas como *Xica da Silva*, *O cravo e a rosa*, *Chocolate com pimenta*, *Alma gêmea* e *Caras & Bocas*, é também premiado dramaturgo — recebeu o Prêmio Shell de 2003 pela peça *Êxtase*. Em 2010 foi premiado pela União Brasileira dos Escritores pela tradução e adaptação de *A Megera Domada*, de Shakespeare.

É cronista de revistas semanais e membro da Academia Paulista de Letras, onde recebeu o título de Imortal.